KB166390

블라인드 스쿨
blind school

블라인드 스쿨
blind school

정강철 지음

1판 1쇄 발행 | 2010. 7. 7

발행처 | **Human & Books**
발행인 | 하응백
출판등록 | 2002년 6월 5일 제2002-113호
서울특별시 종로구 경운동 88 수운회관 1009호
기획 홍보부 | 02-6327-3535, 편집부 | 02-6327-3537, 팩시밀리 | 02-6327-5353
이메일 | hbooks@empal.com

값은 뒤표지에 있습니다.
ISBN 978-89-6078-094-1 03810

이 책은 한국문화예술위원회의 문예진흥기금을 지원받아 간행되었습니다.

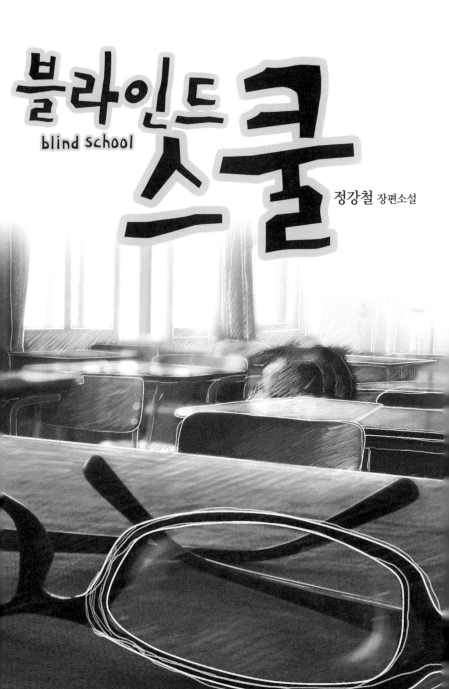

블라인드 스쿨

blind school

정강철 장편소설

Human & Books

목차

학교 가는 길

9월 5일 아침, 류신화

오늘 나는 학교에 가지 않을 것이다.

마음을 먹고 보니 시내버스 정류장을 향해 뛰어왔던 방금까지의 내 모습이 어색해지고 말았다. 버스를 타지 않겠다고 결심했을 때 귓불 언저리로 바람이 지나갔다. 나는 정류장의 플라스틱 의자에 가만히 앉아 있었다. 버스는 조금의 머뭇거림도 없이 그대로 떠나버렸다. 손끝으로 만지작거리던 교통카드를 주머니에 찔러 넣었다.

하늘은 얄밉도록 파랬다. 사람들이 떠나버린 정류장은 한산했다. 계절이 바뀐 후로는 이마에 땀방울이 맺히지 않았다. 버스를 기다리던 사람들의 흔적은 이제 없었다. 나는 망설였지만 버스는 단호했다. 올라타야 할 사람과 타지 않을 사람의 구분이 끝났다는 듯이 출입문을 닫고 떠나버렸다. 나는 표지판에 부착된 시내버스노선표를 바라보았다. 마음을 고쳐먹고 다음 버스라도 타야 하지 않느냐는 미련이 끝물처럼 남아 있긴 했다. 왜 버스를 타지 않았느냐고 누군가 묻는다면 어떻게 대답을 해야 하나. 살다 보면 이런 날도 있는 것 아닌가 얼버무리기에도 궁색한 일이었다. 사람들이 다시 하나 둘씩 정류장에 모여들었지만 이제 이곳에서 교복을 입은 학생은 나밖에 없다.

만원버스가 싫어서였다고 대답해봐야 그걸 그대로 이해해줄 리 없다. 버스에서 내려 죽을힘을 다해 뛰어가 본들 지각단속에 걸릴 게 분명하니, 아예 버스를 타지 않았다고 말한다면 비겁한 변명이라고 다그칠 게 뻔했다. 짐짝인 양 시내버스 구석에 처박혀 무릎이 꺾이고 허리가 뒤틀린 채 다른 사람의 더운 머리카락 냄새를 맡아야 하는 고역을 오늘만은 피하고 싶었다고 대답한다면, 그게 이유가 되느냐고 코웃음부터 치고 나올지 몰랐다.

그럴듯해야지. 좀 더 근사한 이유를 대 봐. 누군가 뒷덜미를 잡아챌 것만 같았다. 지금 이 순간 버스를 타고 싶지 않다는데, 아니 좀 더 솔직해져서, 갑자기 학교에 가기 싫어졌다는데 왜 학교에 가지 않느냐고 계속 묻는다면 하는 수 없이 입을 다물어 버리는 수밖에 도리가 없다. 처음 왔던 버스는 초만원이었으니 타기 싫었다고 쳐도 그다음에 왔던 버스는 여유가 있었기 때문에 탔어야 하지 않느냐고 집요하게 따져 묻는다면, 글쎄 무슨 말을 더 해야 할까.

네 대의 버스를 그냥 보내버렸다. 무심결에 찾아온 다섯 번째의 버스는 시작종이 울리고 난 뒤의 운동장처럼 텅 비어 있었다. 버스의 유리창은 더없이 맑아서 초가을의 짙푸른 가로수를 그대로 반사시켰다. 8시 50분이었다. 나는 가방을 메고 플라스틱 의자에서 일어났다. 정류장을 뒤로하고 걷기 시작했는데 내가 생각하기에도 형편없이 느린 걸음이었다. 1교시가 시작될 시간이었다.

왜 하필 아자개 생각이 나는 건지.

내가 뭐랬냐. 시간은 고삐를 당기지 않는다고 했지? 이놈들아. 저길 좀 봐. 기다리지 않아도 저렇게 가을이 와버렸잖니? 아자개가 창밖으로 아이들의 시선을 이끌 것이다. 아침 햇살은 어김없이 창가에 내려앉았다. 첫 시간부터 아이들의 눈꺼풀은 무거웠다. 자아, 이렇게 해보자. 양손가락을 힘껏 펴서 10초 동안만 있어 봐. 그래, 힘을 꽉 줘야지. 그리고 마음속으로 외친다. 잠아, 물러가거라! 아자개의 말은 나른했고 녀석들은 송아지 같은 눈을 껌벅거렸다. 박천 선생을 왜 아자개라고 부르는지 알 수 없었지만 모두들 그렇게 불렀다. 선배들에게서부터 구전된 별명이라고 했는데, 예전에 어떤 사극

드라마에 나왔던 '아자개'라는 인물과 외모가 닮아서라고 하기도 했고, 얼굴 생긴 게 '아작'이나 '작살' 같은 단어가 연상될 정도로 못생겼기 때문이라고도 했다. 그도 그럴 것이 누구도 아자개를 정상적인 사고를 가진 보통의 선생으로 보지 않았다. '프로 스포츠=亡球'와 같은 얼토당토 않는 등식을 칠판에 써놓는다거나, 고3 수험생의 다급함과는 상관없이 흥미라고는 찾을 길 없는 시 구절이나 읊어대는, 얼빠진 선생으로만 대할 뿐이다.

풀어야 할 문제들이 빚쟁이처럼 몰려와 우리를 다그쳤지만 교실은 평온했다. 수학 시간이 끝나면 난사된 기관총을 맞은 듯 아이들이 쓰러졌다. 더러는 자신의 팔을 휘감아 안은 채 고꾸라졌고 누군가는 쿠션을 끌어안고 엎드렸으며 또 누군가는 수학 정석을 베개 삼았다. 가물거리는 시야를 풀지 못하고 저마다 맥없이 잠들어 가는데 살아남은 자들끼리만 눈웃음을 주고받았다. 아자개의 국어 시간은 국경을 넘어 먼 나라로 도주하는 행렬의 현장 같았다. 풀이 눕는다, 김수영의 시를 공부하는 시간에 정말로 아이들은 풀포기처럼 누워버렸다. 바람보다 먼저 일어난다고 외쳐도 결코 일어나지 않는 아이들. 지금도 교실에는 어김없이 그들이 있을 것이다.

배가 고팠다. 제과점 모퉁이를 돌아설 때 빵 굽는 냄새가 났다. 돌이켜 볼 것도 없이 나는 아침밥을 먹지 않았다. 아침

6시. 휴대폰의 알람소리에 잠을 깨서 화장실로 들어가는데, 내 모습이 도살장으로 끌려가는 소 같았다. 비몽사몽, 눈을 문지르다 말고 다시 눈을 감아버렸다. 어머, 세상에……. 여보, 여보. 이리 와서 우리 신화 좀 봐. 아빠를 부르는 엄마 목소리에 화들짝 눈이 떠졌다. 이 녀석이 이제는 변기에 앉아서 잠을 자네……. 화장실에서 나와 시계를 보니, 6시 50분이었다. 좌변기에 앉아 있었던 50분 동안 잠이 들어버린 셈이었다. 빵이라도 먹고 가야지, 집을 뛰쳐나오는데 엄마의 말이 현관 문턱까지 따라 나왔다. 7시 20분이면 복도의 찬 기운도 사라질 것이다. 정적만이 감도는 교실에 아침 자율학습을 위한 전사들이 차례차례 등장할 시간이었다. 언제나 그랬듯이 나는 오늘 아침에도 버스 정류장을 향해 단거리 주자처럼 달렸다.

9시 30분. 바람도 햇볕도 숨을 죽이네, 라는 시구를 따라 고개를 떨어뜨린 채 숨을 죽이고 있을 친구들. 책장이 넘어가는 소리에 맞춰 원하는 대학도 날아가겠지. 너희들을 보면 말이야, 내 가슴이 터져. 아자개는 푸념을 내지르다 지쳐 무덤덤 모드로 돌아섰을 것이다. 화원 앞 인도에 물이 뿌려져 있었다. 꽃집 아주머니가 분무기로 뿌려대는 물줄기에, 투명한 아침 햇살이 반짝거렸다. 베고니아와 달리아, 배롱나무 화분을 거쳐 간 물방울이 노랗고 하얀 국화꽃 무더기 위로 뿜어져 나왔다. 약국 아저씨는 허리를 곧추 펴고 셔터를 들어올렸다. 약국은 언제쯤 문을 여나 궁금했었는데 바로 이 시각인가 싶었다. 아침은 늘 이런 식으로 시작하나 보다. 지금까지 한 번도 해본 적이 없는 생각이었다.

휴대폰에서 진동이 느껴졌다. 액정화면에 임상수라는 이름이 떴다. 왜? 너, 돌았니? 그렇게 불안하면 지금이라도 학교에 나오지 그래? 찌질이 류신화가 웬 늦바람? 눈자위를 희번덕거리며 비아냥거릴 상수가 떠올랐기 때문에 나는 전화를 받지 않았다. 부르르 떨고 있는 전화기를 바라보다가 전원을 꺼버리고 싶은 충동을 느꼈다. 어쩌면 담임이 시켰을지도 몰랐다. 그게 아니더라도 지금 이 순간 상수와 통화하고 싶은 마음은 학교에 가고 싶은 마음보다 더 없다.

CMC, 우리 담탱이 말이야, 가엾지 않니? 상수가 그랬다. 예전에는 별반 느끼지 못했는데 어느 순간부터 담임이 측은해졌다고 했다. 생각해 봐. 표독스런 표정을 지으려고 애쓰지만 천성부터가 카리스마와는 거리가 먼 인간이잖아. 상수가 눈을 지그시 내려 감았을 때는 육십 나이를 먹은 담임보다 오히려 그가 더 어른스러워 보였다. 수업 시간에 가만 살펴보란 말이야. 머릿속에 기계적으로 저장된 지식 몇 조각을 나불대다가, 슬쩍 돌아서면 공허한 헛바람만이 늙어빠진 육신을 지배하고 있을 거 아냐? 분필 잡은 손끝에 힘은 점점 달아나고 지갑 속에 고이 접어놓은 로또 복권에나 희망을 걸고 있을 위인에게 우리가 기대할 게 뭐가 있겠냐? 언젠가, 바짓가랑이에 묻어 있는 오줌 흘린 자국을 봤을 때는 가슴이 미어지는 줄 알았어. 그런데 우리가 어찌 할배 같은 담탱일 외면할 수 있겠니?

다리를 건너갔다. 나른하게 내려앉은 아침 햇살 아래 근린 공원이 보였고 거기에는 빛바랜 나무 의자들이 있었다. 하지만 일부러 찾아가서 앉지는 않았다.

어젯밤 나는 그 자리에 있었다. 모의고사를 치르고 상수네 밴드를 만나 카타콤 클럽을 찾아가는 길이었다. 밴드의 멤버인 석구가 종이컵에다 소주를 따랐고 소시지를 건네주었다. 석구는 일찍 취해버렸다. 말이 많아진 것이 그 증거였다. 아마 중1 때였을 걸. 한밤중에 잠에서 깨서 화장실에 가려고 나왔는데 안방에서 자꾸 이상한 소리가 들리는 거야. 엄마가 어디 아픈 건 아닐까 싶은 생각에, 베란다로 살짝 들여다보지 않았겠냐. 근데 아빠의 커다란 엉덩이가 눈에 확 들어오는데, 우와, 이거 돌겠더만. 웃지 마, 새꺄. 너도 그런 기억이 있을 거 아냐? 이건 어디까지나 야동 한 편 봤던 것과는 그 근본이 다른 거잖아. 그날 뒤로는 엄마아빠를 쳐다보기도 싫어지는데, 이상하게 밥맛도 떨어지고 세상 살기도 싫고 그래서 몇날 며칠을 굶었지. 야, 말도 마라. 울 엄만 속도 모르고 병원에 가자고 하더라. 석구의 말을 가로막은 녀석은 종하였다. 한심한 새끼. 부모님의 거룩한 역사를 호시탐탐 의혹의 눈길로 훔쳐보고 사는 너 같은 불효자식 땜에 우리나라의 출산율이 저하되는 거야. 알아? 종하가 종이컵을 치켜들자 모두가 키득키득 웃었다. 종하가 소리쳤다. 한 잔씩 쭈욱 마시면서 우리의 청춘을 쿨하게 날려 버리자. 상수가 덧붙였다. 그래, 까짓것, 오늘 떨어진 모의고사 점수에 대해선 더 이상 집착하지 않을 거야. 내가 떨어진 거냐? 점수가 떨어진 거지? 그랬는데 몇 잔을 거푸 마신 후로는 정말로 몸이 아래로 떨어지는 기분이 들었다. 나는 머리를 거칠게 흔들었다. 시야가 흐려졌고 콧날이 따끔거리더니 눈물이 핑 돌았다. 이게 뭐야? 쪽팔리게. 젖은 눈 주위를 손등으로 닦아내고 동공에 힘을 잔뜩 모으자 이제는 몸이 허공으로 떠올랐다. 가만, 좀 씻고 올게. 나는 비틀거리는 걸음으로 화장실을 찾았다. 뒤에서 누군가 말했다. 류신화, 저 새끼, 왜 저러냐? 저거 우는 거 아냐? 졸라 구리네. 수도꼭지에 머리를 처박고 얼굴을 씻는데도 눈물은 그치지 않았다. 그냥 냅다 퍼질러 앉아 소리 내어 울고 싶었지만 그거야말로 포스가 뭉개질 모습이었다. 수도꼭지에서 흘러나온 물과 내 눈에서 흘러나온 눈물이 엉겨 붙었다. 거울에 비친 내 몰골이 마치 구겨진 휴지 조각 같았다. 반듯하게 펴려고 아무리 기를 써도 펴지지 않는 허접한 휴지 나부랭이와 조금도 다르지 않았다. 그 순간 석구가 악을 써대는 소리가 들렸다. 석구는 무슨 욕설 같기도 하고 이역의 언어 같기도 한, 알아들을 수 없는 소리를 목청껏 내지르고 있었다.

근린공원을 뒤로하고 최근에 은행 지점이 들어선 빌딩도 지나쳤다. 지금 어디로 가고 있나 따져 물을 필요도 없었다. 어차피 학교로 가는 방향이었다. 갑자기 짜증이 밀려왔다. 류신화, 결국 학교 가는 길 말고는 다른 길은 모른단 말이냐? 그 길에는 학원도 있고 독서실도 있고 팬시점도 있었다. 햇살이 멀쩡하게 밝아오는 아침 시간인 탓에 교복을 입은 학생은 이방인처럼 보였을까. 간혹 의아한 시선으로 나를 바라보는 사람이 있었지만 그런 건 신경 쓰지 않기로 했다. 그런 사람들이 지나간 자리에 나는 침을 찍 뱉어주었다.

피시방에나 갈까 생각하다가 이내 포기하고 말았다. 피시방을 가기엔 이른 시간이었다. 지난 토요일에 메신저를 통해 채팅을 하던 분홍이가 다음번엔 꼭 가슴을 보여주겠다고 약속을 했다. 그걸 온전히 믿지도 않았지만 그렇다고 그 꿈을 포기하지도 않았다. 이 시간에 분홍이는 학교에 있을 것이다. 보여줄 듯하다가도 절대 보여주지 않는 그 애의 얄미운 수법을 나도 이미 눈치 까기는 했다. 그래도 나는 분홍이의 가슴이 보고 싶다. 언젠가는 기필코 보고야 말 것이다.

나는 지금껏 어떤 여자애도 좋아해 본 적이 없다. 하지만 분홍이의 미니홈피에서 그녀의 사진을 처음 대했던 순간, 의자를 바싹 끌어당겼다. 자판을 치는 손끝이 떨렸고 심장은 두근거렸다. 처음 겪는 느낌이었다. 곁에 있던 상수가 기묘한 소리를 냈다. 오우, 얼짱 각도! 죽인다. 눈가에 살인미소 봐라. 열라 짱인데, 저렇게 예쁜 애는 첨 본다. 잘해 봐, 인마. 나는 상수가 가르쳐 준대로, 키가 작다는 말은 하지 않았다.

—내 몸은 유연해서 축구를 잘한다. 남들처럼 맨유만 응원하진 않아. 첼시를 좋아하는데 너는 어떠니? 여자애들이 나를 잘 따르지만 아무하고나 사귀지는 않는다. 넌 딱 내 스타일이야. 내 마누라 할래?

서툰 도둑질을 저지르는 아이처럼 손가락 끝이 덜덜 떨렸다. 그랬는데 분홍이가 ㅋㅋㅋ 웃으며 대꾸했다.

—난 잉글랜드 리그엔 관심 껐어. 세리에A의 인터밀란 알지? 축구를 알고 난 뒤부터 거기 광팬이야. 순전히 알바로 레코바 때문이었지. 그런데 말이야. 한 가지 알아둘 게 있어. 난 전염병이 있거든. 그러니 접근하지 않는 게 좋아.

나는 단숨에 자판을 두드렸다.

—너 같은 애라면 전염병에 걸려서 말라깽이가 되어 죽어도 좋아.

내 말에 감동을 먹었는지 분홍이의 대답이 이상해졌다.

—야, 눈물 난다. ㅠㅠ 내 눈물에서는 냄새가 나. 넌 내 눈물 냄새를 맡으면 코를 틀어막고 도망칠 거야. 그래서 말인데, 가끔은 나프탈렌을 확 마셔버리고 싶어. 그러면 썩을 대로 썩어서 쉰내가 날지도 모를 내 속이 말끔히 깨끗해질 테니까.

메신저에서 분홍이의 접속이 끊어진 뒤에도 나는 그녀의 얼굴을 오래도록 들여다보았다. 그럴 때마다 참으로 알 수 없는 계집애라고 생각했다. 이유는 모르겠지만 그녀가 슬퍼할 때는 나도 찔끔 우울해졌다.

휴대폰에서 다시 진동이 느껴졌다. 문자 메시지가 두 개나 들어와 있었다. 첫 번째 문자 메시지를 열었더니, **너미쳤구나 ㅋㅋㅋ**라고 씌어 있었다. 역시 임상수였다. 그다음 메시지로 넘겼다. 또 상수였다. **CMC가널죽일지도몰라.** 나는 즉시 휴대폰의 전원을 꺼버렸다.

팬시점에 도착했을 때 언젠가 수업 시간에 CMC가 했던 말이 떠올랐다. 가출을 했거나 학교에 나오지 않는 아이들을 보면 십중팔구는 여자애들과 관련이 있더라는 말. 생각해 보니 그 말이 맞는 건지도 몰랐다. 팬시점 누나의 눈이 휘둥그레져 있었다.

"어? 신화가 이 시간에 어떻게?"

"누나가 언제 한번 놀러오라고 했잖아요?"

왜 학교에 가지 않았느냐고 계속 채근한다면, 두말 않고 나가버리려고 했다. 그걸 눈치 챘는지 팬시 누나는 더 이상 묻지 않았다. 대신에 진열대 너머에 있는 작은 방으로 나를 이끌며 선풍기를 틀어주었다.

"그거 꺼요. 가을이잖아."

벌써, 가을이네? 토요일 밤에 메신저에 접속했을 때 분홍이도 그랬다. 나는 빙긋 웃으며 범생이처럼 키보드를 쳤다. **수능 D-68일**, 이라고 했는데 분홍이의 대답은 뜻밖이었다. Festival D-68일.

─야, 울보, 오늘도 울었니?

언젠가부터 나는 분홍이의 일상이 궁금한 사람으로 변해 있었다.

─울긴, 오늘 밤 우리 집에 무슨 일이 일어난 줄 알아? 울 엄마 여고 동창 모임을 했지 뭐야. 밤 열한 시까지 맥주와 와인을 마시며 수다를 떠는데, 나도 얘기 엿듣는 재미가 쏠쏠해서 공부고 뭐고 던져버리고 이것저것 마구 집어먹었어. 참, 엄마 친구가 따라주는 맥주도 두 잔이나 마셨지 뭐야. 친구들끼리 모이기만 하면 애나 어른이나 똑같애. 졸업 앨범을 보면서 옛날 선생님들 별명을 부르며 흉보는 것도 그렇고, 친구들 질투하는 것까지 우리와 다를 게 하나도 없어. 여고 시절에 연탄가스 사고로 돌아가셨다는 어떤 선생님 얘기를 하다가 한 엄마가 울기 시작했는데, 엄마들이 진짜 웃겨. 그래서 일

찍 죽으면 안 된다는 거야. 그러면서 지금 자기가 죽으면 안 되는 이유를 돌아가면서 말하는데, 나중에 분위기가 묘하게 흘러가대. 내가 떠나면 슬퍼할 사람이 너무 많아. 헤어지고 싶지 않은 소중한 사람이 너무나 많단 말이야. 그래서 난 못 죽어. 한 엄마가 훌쩍거리기 시작하니까 나중에는 서로를 부둥켜안더니 꺼이꺼이 울고불고, 숫제 난리 브루스가 따로 없더라. 참, 엄마들은 정말 이해할 수가 없다니까.

—울보가 내림인가 보다. 분홍이 니네 엄마도 한 울보 하는 것 같은데?

—말도 마. 나보고 들으라는 얘기겠지만 울 엄마가 그러는 거야. 우리 사회와 가정에서는 고3에게 아무것도 요구하지 않는대. 공부만 열심히 하면 그 어떤 것도 강압하지 않을 뿐만 아니라 심부름도 시키지 않고 조금이라도 피곤한 표정을 지으면 온 가족이 당황한다는 거야. 미치겠어. 수능 대박이 나오면 원하는 대학을 가겠지만 수능 망치면 나는 이 세상에서 사라져 버릴지도 몰라. 하늘은 맑고 나무는 푸른데, 이렇게 수능에만 매달려야 하는 나 자신이 너무 싫어. 가을이 오니까 더 미칠 것 같아. 날씨라도 좋지 말든지.

—나도 그래. 요즘엔 친구들도 징그러워졌어. 난 수능 망치고 쟤는 대박 나면 그 꼴을 어떻게 보고 견디냐? 재수는 죽기보다 싫은데…….

─재수 같은 건 절대 안 할 거야. 난 세상에 태어나서 단 한 번이라도 공부가 좋아본 적이 없거든. 공부하고는 담을 쌓고 살 수 있다면 더 바랄 게 없어. 눈앞에 보이는 1, 2점에 울고 웃는, 한 시간이 아까워 보고 싶은 영화도 못 보고, 듣고 싶은 음악도 못 듣는 장애 같은 삶, 이게 뭐야? 나도 나를 잘 모르겠어. 어떤 때는 서럽게 울다가도 미친년처럼 웃고 있는 자신을 느낄 때가 있어. 누군가에게 의지하고 싶은데, 누군가와 함께 있고 싶은데, 지금의 나는 그게 아니거든. 갑자기 소낙비가 내릴 때가 있잖아. 운동장에서 모여 있던 아이들은 비를 피해 흩어져 가는데 나는 반대로 빗속으로 뛰어들고 싶단 말이야. 매일같이 창밖만 바라보며 사는 게 유일한 낙이라면, 뭐 이딴 인생이 다 있니?

─그건 그렇고, 가슴은 언제 보여줄 거니? 담주에 야자 땡기고 함 만날까?

─머? 너, 주글래?

─보여준다고 니가 먼저 그랬잖아?

─류신화, 이제 그만 포기해라.

─포기? 내 전자사전에 포기라는 말은 없어. 난 절대로 포기 안 한다.

─유치한 그딴 소리 집어치워. 나 인제 일어나야 돼.

─왜?

―엄마가 컴을 써야 할 시간이거든. 울 엄마 요즘 수상해. 인터넷 남친이 생겼나 봐.

　―? ㅋㅋ

　―12시만 넘으면 무얼 하는지 밤새는 줄도 모르고 컴 앞에 앉아 있단 말이야. 혼자 킥킥거리며 웃기도 하고 자판을 두드리며 무언가를 써대기도 하고, 그러다가 내가 불쑥 나타나면 뭘 잘못하다 들킨 어린애마냥 깜짝 놀라기도 하고. 울 엄마, 좀 웃기지 않니?

플라타너스

9월 5일 점심시간, 홍 선생

학생지도부는 지겨운 곳이란다. 교사들 생각이 그렇다는 것이 아니라 학생부를 드나드는 학생들이 그렇게 여긴다는 것이다. 예전에는 학생과라 부르던 것을 지금은 명칭이 바뀌어 학생부라고들 부른다. 그러다 보니 학생들의 훈육을 담당하는 학생주임은 졸지에 학생부장이 되었다. 직제가 개편되면서 그랬겠지만 조직의 책임자를 주임으로 부르는 것보다 부장으로 부르는 편이 훨씬 근사하게 느껴지는 건 사실이었다. 교사들에게 만일 지위 상승 욕구 같은 게 있었다면 그런 정서들이 숨을 고르고 있다가 단숨에 표출된 결과일지도 모른다. 하지만 오늘은 그런 말장난 같은 걸 입에 담을 형편이 아니다.

학생이 교사를 때리다니.

상상조차 해본 적이 없는 일이 벌어졌다. 전화를 받자마자 냅다 학생부를 향해 달려가는데 목구멍까지 숨이 차올라 침도 넘어가지 않았다. 더구나 상수라는데, 교사를 폭행했다는 학생이 바로 임상수라는데, 전화기를 통해 다급하게 전해오는 학생부장의 말을 도무지 믿을 수 없었다.

학생지도실의 출입문을 열었을 때 상수는 없고 학생부장만이 자리를 지키고 있었다. 그런데 학생부장의 표정이 평소와 달랐다. 나를 찾은 사람이 자신이면서 나를 대하고서는 아무 말도 하지 못했다. 넋이 나갔다는 말은 이런 경우에 쓸 수 있는 것인가.

"뭐야? 임상수, 어디 갔어?"

학생부장은 대답을 미루고 혀부터 끌끌 찼다.

"우선, 정신부터 차리고 봅시다. 이거 원, 기가 막혀서."

격한 말투로 방금 자신의 눈앞에서 벌어진 상황을 설명했다. 학생부에 끌려와서 무릎을 꿇고 있었다던 임상수가 담임이 온다는 말을 듣고 복도 쪽으로 뛰어나가 버렸다고 했다. 조용히 나간 것도 아니고 악다구니를 내지르고 나갔다는 것이다. 나가려고 하는 상수를 두 손으로 붙잡으며 제지하려고 했지만 역부족이었다고 했다. 상수가 자신을 밀치고 뛰쳐나가는 동작을 재연하다 말고 주먹으로 책상을 내리치는데 나도 말문이 막히고 말았다.

"애 새끼들한테 이런 봉변이나 당하고……, 인제 어떻게 살아요?"

금연 구역임이 분명한 학생지도실에서 학생부장은 담배에 불을 붙였다. 임상수에게 폭행을 당했다는 교사는, 듣고 보니 학생부장이 아니라 수학과 안대균 선생이라고 했다. 학생부장은 치밀어 오르는 분노를 다독이겠다는 듯 눈을 감았다. 눈자위가 떨렸다. 경위를 설명하려고 애쓰는 그의 목소리는 평정심을 잃은 채 갈수록 높아졌다.

"점심 먹고 나서 커피 한 잔 뽑아들고 여기에 앉아 있었는데요. 느닷없이 안대균 선생이 3학년 임상수를 끌고 들어오는 거예요. 뭐라고 소리를 막 질러대는데, 저 사람이 왜 저러나 싶어서 가만히 보니까 안대균이도 눈빛이 팍 갔더만. 얼마나 열 받았으면 그랬겠어요? 이거 안 되겠다 싶어서 일단 안 선생을 떼어놓고 임상수를 무릎 꿇려 놓았죠. 아니 그런데 이 새끼가…… 홍 선생님께 전화를 하자마자 갑자기 쌍욕을 하면서 뛰쳐나가려고 하잖아요."

"쌍욕을? 자네한테? 뭐라고 했는데?"

"뭐라 했더라? 좆도, 학교 안 다니면 될 거 아냐, 라고 했던가? 나 참, 어처구니가 없어서……."

무엇 때문에 이런 일이 벌어진 건지, 임상수가 안대균 선생의 어디를 어떻게 때렸다는 것인지, 도대체 무슨 말들을 하고 있는 것인지 알아들을 수 없었다. 나는 고개를 떨어뜨렸다. 어쨌거나 학생이 교사를 폭행하다니. 이런 경우는 30년이 넘는 교직 생활 동안 일찍이 경험해 본 적이 없었다.

"나 참 더러워서……. 올해는 유난히 사건도 많이 터지더니만……. 진짜 이놈의 학생부장 노릇 못해 먹겠어요."

"미안하구먼. 내가 지도를 잘못했나 보이."

나는 학생지도실의 한쪽 벽에 놓인 철제 의자에 주저앉았다. 훈육주임이라 일컬어지던 시절부터 여러 차례 나도 그 업무를 맡아봤기 때문에 학생부장의 고충을 누구보다 잘 알았다. 한밤중에 느닷없이 경찰서로 불려 다니는 경우는 아무것도 아니었다. 종합병원 응급실에서, 오토바이 사고로 얼굴과 발목이 으깨어져 드러누운 학생을 대하고는 나도 그 곁에서 까무러칠 뻔한 적도 있었다.

"홍 선생님께 하는 말이 아니에요. 오전에 교장 선생님이 출장을 가셨나 본데, 일단 교감 선생님한테라도 보고를 드려야겠지요?"

"그럼, 교장한테도 들어가겠네?"

"쉬쉬하면서 넘어갈 일은 아니잖아요? 그렇다고 외부로 알려져서 좋을 것도 없겠지만 뭐. 그나저나 임상수 이 새끼 어디로 튄 거야? 애부터 찾아봐야 하지 않겠어요? 그게 신경

쓰이네."

학생부장이 몇 가지 우려할 만한 가정을 나열하는 동안 내 목은 슬그머니 움츠러들었다. 위축된 것은 목덜미만이 아니었다. 시선이 떨어진 곳에 볼품없이 찌부러진 슬리퍼 코가 보였다. 닳아빠진 슬리퍼처럼, 나도 너무 오랫동안 이곳에 있지 않았나 하는 생각이 들었다.

"근데요, 홍 선생님. 사실은, 무엇보다도 찝찝한 거는요. 임상수 그 새끼가 나가면서 마지막에 했던 말이거든요."

"뭐라 했는데?"

"하여간, 그 새끼. 이건 뭐, 사람 겁주는 것도 아니고……."

"아, 글쎄, 뭐라 했냐고?"

"폭력 교사로 신고해 버리고, 어디 가서 콱 뒈져 버리겠다고 악을 쓰더라고요."

임시 교무회의 소집은 즉각 공지되었다. 7교시 직후로 예고된, 교무회의를 기다리는 시간은 가혹했다. 교실로 달려가서 반 아이들에게 임상수의 행방을 수소문해 봤지만 돌아오는 것은 아이들의 어리둥절한 표정들뿐이었다. 이런 경우에는 오히려 아이들을 들쑤시지 않는 게 나을 수도 있었다. 저마다의 귓속말을 타고 소문은 해괴한 모양으로 증폭되어 삽시간에 학교 안팎을 뒤덮어 버릴지도 몰랐다.

교실을 빠져 나와 복도를 걸으며 가슴을 쓰다듬었다. 속이 쓰리더니 신트림마저 올라왔다. 임상수의 부모에게 전화를 걸어볼까 망설이다가 그만두었다. 우선은 상수가 무사히 돌아오기만 기다릴 뿐 내가 할 수 있는 일은 별로 없었다. 오늘따라 류신화가 학교에 나오지 않았는데, 상수와 관련이 있어 보이지는 않았다. 신화의 어머니는 아직까지 전화를 받지 않았다.

아무것도 할 수 없었다. 교재 연구는커녕 오전 빈 시간 동안 읽고 있었던 《임꺽정》도 눈에 들어오지 않았다. 서랍을 뒤졌으나 위장약은 보이지 않았다. 보건실에 가볼까 하다가 그마저도 귀찮아졌다. 《임꺽정》의 표지가 눈에 들어왔지만 책을 펼치지는 않았다. 관아로 압송되던 임꺽정의 심정이 이랬을까. 그에게 묻고 싶다. 산다고는 하였으되 사는 게 아닌 세월을 보냈다는 임꺽정은, 살아봤자 뿌리 뽑힌 삶이요 연명해봤자 찢기고 부서진 목숨이라고 했다. 토포사 남치근의 칼등이 자신의 어깻죽지를 찍어 내리고 한참 아래 연배의 나졸들이 자신의 주리를 틀고 있을 때 핏발 선 눈동자에는 무엇이 보였을까. 피눈물이 마르기 전에, 손가락 끝의 체온이 차가워지기 전에 힘겹게 뱉어야 했던 말은 무엇이었을까. 동녘 하늘에서 태양은 어김없이 떠올랐을 테지만 포악한 주구들의 주둥이에 썩은 고름을 되돌려주지 못한 원한으로 눈을 온전히

감을 수는 있었는지. 나는 주변을 둘러보았다. 젊은 동료들로부터 학생 장악도 제대로 하지 못하는 늙다리 선생이라는 눈치를 받는 것은 죽기보다 싫은 일이었다. 다행히 자판기까지 가는 길에 마주치는 사람은 없었다. 뭐야? 공산당도 아니고, 틈만 나면 회의를 해? 무슨 일이래요? 누군가 불쑥 자초지종을 캐묻는다면 당장 아무 말도 할 수가 없었다. 허리를 굽혀 커피 한 잔을 빼내어 들었다. 쓰린 속은 좀체 진정되지 않았다.

교무회의는 빠르게 진행되었다. 그도 그럴 것이, 안건 자체가 무슨 반박을 불러와 논란을 벌이거나 시간을 끌 성질이 아니었다. 한시라도 늦출 수 없고 늦춰서도 안 될 사안이라는 발제가 학생부장의 입에서 나왔고 사건의 당사자인 안대균 선생의 발언이 이어졌다. 그는 교직에 들어온 지 10년차쯤 되었을까 말까 한, 젊고 패기 있는 교사였다. 그의 목소리는 처음부터 격앙되어 있었다.

점심시간이었고 식당으로 가는 후정에서라고 했다. 군기를 잡듯 후배들을 세워놓고 벌을 주고 있는 임상수를 발견한 안 선생이 그곳으로 달려갔다. 임상수에게 주의를 주던 도중 갑자기 임상수가 입에 담지 못할 폭언과 함께 자신을 폭행했다는 정황 설명이었다. 물론 반발하는 임상수에게 가볍게 머리를 두어 차례 때린 적은 있었다 해도 어떻게 학생이 눈알을 부라리며 교사를 폭행할 수 있느냐며 분개했다. 더욱이 학생지도실로 데리고 갔을 때 학생부장까지 밀쳐버리고 도망칠 정도였으니 도저히 용서할 수 없는 패악을 저질렀다며 상반신을 부르르 떨기까지 했다. 그의 말을 가로막고 나선 사람은 교감이었다.

"무슨 말인지 도저히 알아먹지를 못하겠습니다. 그러니까, 3학년의 임상수라는 학생이 안대균 선생님을 때렸다는 얘깁니까? 지금?"

교감이 안경 너머로 눈초리를 치켜세웠다.

"그렇습니다."

안 선생은 고개를 바로 들지 못했지만 대답만은 분명히 했다. 교감이 다시 물었다.

"폭행이라면 안 선생님의 신체를 때렸다는 뜻일 텐데, 어느 부위를 어떻게…… 몇 차례나 때렸다는 거지요?"

"처음에는 제 팔목을 꽉 잡고서 놓지 않았습니다. 그러더니 나중에는 아예 비틀었습니다. 거칠게요. 그러더니……."

"허 참, 흥분하지만 마시고, 자세히 말씀을 해보세요."

"말씀드리기가 참담합니다만, 제 멱살을 틀어잡기도 했고 그놈 머리로 제 가슴을 들이받았습니다. 바로 이 부분입니다."

안 선생은 남방셔츠의 앞쪽 단추를 풀어서 자신의 쇄골을 보여주더니 소매를 걷어붙이고 팔을 높이 쳐들었다. 어떻게든 상처를 보여주고자 한 의도로 보였으나 확연하게 눈에 띄지는 않았다. 무슨 창피야. 조용히 혼자 덮어버리지. 누군가 혼잣말처럼 중얼거렸다. 덮긴 무얼 덮어. 분해서 어떻게 살라고. 그런 새끼는 당장 경찰서로 넘겨버려야지. 또 누군가가 덧붙였다.

"당장 병원에 입원이라도 해버리고 싶지만 그건 사태의 추이를 지켜보고 나서 결정하겠습니다. 모든 게 제 불찰입니다. 교직에 환멸을 느낍니다. 정말 부끄럽고 괴롭습니다. 이 순간, 저는 진정…… 사직서를 쓰고 싶은 심정입니다."

안 선생의 마지막 말은 모든 교사들을 숙연하게 만들었다. 당장의 이 사건은 먼 산을 넘어 남의 동네에서 벌어진 일이 아니라 곧장 자신에게도 일어날 수 있는 일이라는 위기감을 저마다 나누어 가진 듯했다. 나는 더욱 얼굴을 들 수 없었다.

학생부장의 보충 발언이 이어졌다. 임상수를 선도위원회에 회부해서 퇴학이나 전학 조치 같은 강력한 처벌을 해야 한다는 의견을 내놓았을 때, 이의를 제기하는 교사는 아무도 없었다. 이윽고 담임의 의견도 들어보자며 나에게도 발언권이 주어졌다. 말이 좋아 담임의 의견이지 책임 추궁의 성격이 없지 않다는 것을 나도 알고 있었다. 나에게로 모아지는 교사들의 따가운 시선을 느끼며 조심스럽게 일어섰다. 누구보다도 젊은 교사들을 의식하지 않을 수 없었다. 심장의 박동이 점점 빨라졌다. 책임이란 것은 추궁을 당하는 순간, 과오로 뒤바뀌는 법이었다.

"우선 도망간 임상수를 시급히 찾아보겠습니다. 제가 지도를 잘못했기 때문에 벌어진 일이라는 것을 잘 알고 있습니다. 책임을 통감합니다. 담임으로서 학생의 선처를 바란다는 말씀을 드려야 하는데, 용서할 수 없는 잘못을 저지른 것 같아서 무어라 드릴 말씀이 없습니다. 정말 죄송합니다."

상수는 그럴 애가 아니라고 발뺌하며, 그걸 잘 알고 있을 3학년 교사들의 동조를 구해볼까도 생각했지만 그러면 오히려 역효과가 날 것 같았다. 학생 징계의 절차에 있어서 담임은 어떤 경우에도 변호사 노릇을 해야 한다는 상식선에서 얘기할 수밖에 없었다. 그런다고 해서 대다수 교사들의 충격과 분노를 잠재울 수 없으리라는 것도 알았다. 교사를 폭행한 패륜 학생에게 선처는 무슨 얼어 죽을 선처, 경찰서에 신고하지 않은 것만 해도 다행으로 알아야지, 라고 물고 늘어진다면 뜨거워져 버린 얼굴을 들 수조차 없을 터였다.

교장의 태도는 단호했다. 나보다 두 살 아래이긴 했지만, 교장은 어디까지나 학교의 수장이었다. 사건의 내력을 들은 즉시 교무회의의 소집을 명했던 것처럼 교장은 이미 정해진 결론을 향해 달려 나가고 있었다. 그는 돋보기안경을 수첩 위에 가만히 내려놓고 또박또박 말했다.

"교권은 어떤 경우에도 우리가 포기해서는 안 될, 금과옥조와 같은 것입니다. 우리가 지키지 못하는 교권을 누가 지켜주겠습니까? 세상이 너무나 많이 변해버려서 이제는 두렵기까지 합니다. 모두들 느끼시겠지만, 학교를 바라보는 바깥의 시선은 그리 따뜻하지만은 않습니다. 만일 이 사건을 우리 학생들 중에 누가 인터넷에다 올리기라도 한다면, 상상하기조차 끔찍한 일이 벌어질 수도 있습니다. 전국적인 뉴스감이 될지도 모를 일 아닙니까? 무엇보다도 선생님들께서는 이 점을 유념하여, 보안에 각별히 신경을 써주셔야겠습니다. 그리고 오늘의 이 사건을 전화위복의 계기로 삼아 학생 지도에 만전을 기해주시기 바랍니다. 학생의 처리는 선도위원회에서 합당한 결론을 내릴 거라고 믿습니다."

선도위원회의 날짜가 다시 공지되었고 회의는 끝이 났다. 저마다 저 나름의 말들을 두런거리며 자리에서 일어날 때까지 나는 교무수첩의 갈피를 뒤적였다. 교장의 시선이 불편해진 후로는 아예 그쪽은 쳐다볼 수도 없었다.

담임 업무를 맡은 교사들 중에서 나는 단연 최고령이었다. 이제는 좀 쉬어야겠다며 도리질치는 나에게까지 기어이 고3 담임을 배정한 교장의 뜻을 모르지는 않았다. 교과 지도나 학생 지도에 있어서 나이는 별로 중요하지 않다는 사실을 입증하고자 했을 것이다. 적절한 탕평의 인사에다 다른 고령자 교사들의 무사안일을 제압할 수 있는 최적의 조치라고 여겼을 교장을, 그래서 나는 꼿꼿이 바라볼 수가 없다. 나이를 먹었다는 사실이 별것 아닌 것 같지만 사실 그런 것들이 힘에 부쳤다. 교직원 친목회라도 있을라치면 격렬한 축구 경기에 일부러 참가하여 공을 쫓아다녔다. 숨이 차고 하체가 풀렸어도 결코 포기하고 싶지는 않았으므로 있는 힘을 다해서 뛰어다녔다. 하지만 최선의 몸부림이 최선의 결과를 보장하지는 않았다. 어쭙잖은 나의 행동은 젊은 교사들의 눈에, 가련한 발악이거나 노회한 오버액션쯤으로 비쳤을지도 모른다.

회의실을 빠져나오며 유리창 밖을 바라보았다. 하오의 지친 햇살이 플라타너스 나뭇가지에 힘겹게 걸려 있었다. 복도를 걷는 동안 어떤 교사도 내게 말을 걸어오지 않았다. 지금 이 순간만큼은 그들의 무심함이 오히려 고마웠다. 나는 더 이상 아무 말도 하고 싶지 않았다.

낼 모레면 환갑인 양반이, 거봐요, 이젠 담임을 맡지 않아도 될 나이 아닌가요? 끊어질 것처럼 아프다는 요통 때문에 물리치료를 받는답시고 통증클리닉을 출입하기 시작한 아내는 또다시 한심하다는 눈으로 나를 흘겨볼 것이다. 올해가 마지막이라며 올해까지만 해달라고 자꾸 맡기는데 어떡해? 나는 고분고분한 선생일 뿐이라고 아내를 안심시켜 왔다. 아무리 그랬더라도 3학년은 맡지 말았어야 했다. 금년 들어 학급 내에 유난히 말썽이 많이 나면서 뼈저리게 느끼는 한계일 수도 있었다. 아내의 성화는 무거운 추를 매단 듯 쉬이 사라지지 않았다. 막무가내로 담임을 맡지 말란 얘기가 아니잖아요. 이젠 나이가 있는데, 고3 담임만은 하지 말라는 얘기지. 옛날로 치면 당신은 할아버지예요. 언제까지나 청춘인 줄 아셔. 아내의 노파심을 물리치기엔 명분조차 궁색했다. 군에서 제대한 막내가 대학을 졸업하는 올해까지만이라고 단서를 붙여 아내를 다독거려 왔다.

젊은 시절을 돌이켜보면, 고3 담임은 마지못해 받아든 술잔과 같았다. 학년 초에 고3 담임을 맡게 될라치면, 정말 미치겠네, 이걸 또 해야 돼, 하고 투덜대지만 내심으로는 어떻게든 인정받고 있다는 안도감이 드는 게 사실이었다. 일요일이나 휴일에는 자율학습 당번이 아니어도 정서적으로 찾아드는 불안과 초조를 이기지 못한 나머지, 결국 학교에 한 번쯤 나가봐야 했다. 옛날 친구들과는 점차 교류의 폭이 좁아지고 대화에서조차 흥미를 잃어버리는 탓에 그들의 화제에 끼어들기를 꺼려했다. 그 대신 동료 담임들에게서는 오히려 안정감을 느꼈다. 아내한테서 노상 우리 새끼들한테도 신경 좀

써달라고 핀잔을 듣지만 어쩌다 집에 일찍 들어오는 날에는 초저녁잠으로 뻗어버리거나 학부모에게서 온 전화 통화로 시간을 허비하기 일쑤였다. 학부모들의 식사 초대나 학교 방문을 귀찮아하다가도 어느 순간에, 오늘은 누가 좀 찾아오지 않나, 기다리고 있는 자신에 대해서 화들짝 놀라며 스스로를 증오할 때도 있었다. 학생들을 편애하지 않으리라 다짐하지만 상위권 학생을 불러서 교사용 문제집을 건네주며 은근하게 속삭였다. 선생님은 너만 믿는다. 수능이 끝나고 나서는 더 죽을 맛이었다. 자신의 소신을 내세워 인기학과에 진학하고자 하는 최상위권 학생들을 상대로 비인기학과일망정 서울대 진학을 권유하는 사투를 벌여야 했다. 이쯤 되면 수시모집에 응시했을 때 추천서를 써주었거나 자기소개서를 교정해주면서 겪었을 수고로움과 고마움 따위는 물속의 기포처럼 사라지기 마련이었다.

그래도 젊은 시절에는 나약하지 않았다. 어쩌다 발을 담은 교직이었건만 이게 내 천직이구나 믿었던 것은 세월이 한참 흐른 후였다. 교직에 무슨 대단한 소명의식을 가져서 천직이라고 믿은 게 아니라, 이렇게 살아가는 생활이 가장 수월했기 때문이다. 젊은 날은 힘차고 아름다웠다. 그렇지만 인생의 방향이나 속도를 마음대로 조절하거나 재편할 수는 없었다. 눈이 시릴 만큼 아련한 사연으로 수놓아진 젊은 날의 추억이 내게도 있었다. 그것들은 질기고 단단해서 쉽게 바스라지지 않았다. 외항선은 아니더라도 멍텅구리 배라도 타고 먼 바다로 나가는 꿈이라거나 히말라야 등정은 아니더라도 백두대간의 봉우리들을 차례로 섭렵하려 했던 소망을 가졌던 시절이 나에게도 분명 있었다. 그러나 이 모든 것들은 IMF 이전까지의 일이었다. 젊음이란 것이 시기의 개념이라면 딱 그 무렵까지가 나에게는 젊음이었다. 업보처럼, 남루한 인생을 보듬고 가야 할 길이 진정 이 길뿐이었는지를 반추하기엔 되돌릴 수 없는 먼 길을 달려와 버린 셈이었다.

　그랬다. 새벽까지 술을 마시고도 끄떡없이 출근하여 열강을 하던 시절이었다. 술자리의 상대는 동료 교사들이었다. 지나서 생각해보면 아무것도 아닌 하찮은 고민이었던 것을. 소주잔을 마주하며 얘기했던 전날 밤의 화제들이, 이튿날에도 또 그다음 날에도 가쁜 숨을 뱉으며 되살아났다. 화제의 대부분은 학생들로부터 받은 상처이거나 동료 교사에게서 받은 오해들이었다. 그럴 때마다 학교를 그만두더라도 잘 살 수 있다는 자신감이 기다렸다는 듯이 꿈틀댔다. 이깟 선생 노릇 때려치우더라도 이보다 더 못할까. 호강하며 살지는 못하더라도 호구에 거미줄은 걷어낼 자신은 있어, 학교를 그만두겠다고 얘기했다가 아내와 크게 다투기도 했다. 그랬는데 돌연 IMF 외환위기 사태가 터졌다. 그게 분기점이 되어 모든 것들이 달라지기 시작했다. 벼랑 끝에 선 것처럼 비감해지던 그 무렵에 비해서 지금은 아주 게으른 생활인이 되어버렸지만, 교직을 던져버리고 다른 일을 해보겠다고 뛰어들었다가 자맥질만 해대고 말았을 볼썽사나운 상상이 치받고 올라왔다. 실제로 이직의 용기를 내고 학교를 떠났던 옛 동료 교사들의 실패담은 오히려 안도의 한숨을 내쉬게 만들었다. 서투른 치기를 붙들고 용을 쓰던 지나간 청춘들이 죄다 등을 돌리고 돌아섰다. 영원히 청년이고 싶고 언제나 푸르른 청춘이고 싶었을 테지만, 세상은 IMF를 사이에 두고 확 달라져 갔다. 선생 똥은 개도 안 먹는다는 멸시라든가 상갓집에 선생들이 왔다 가면 음식이 남아나지 않는다는 투의 조롱은 이제 과거의 것들이었다. 선생이 무슨 돈이 있다고 네가 술값 계산을 다 하냐? 너는 이 나이까지 골프도 안 치고 무슨 재미로 살았냐? 하고 으스대던 옛 동창생들은 그 무렵 회사에서 명퇴를 당했거나 사업체를 부도낸 뒤 자취를 감춰버렸다. 노선을 바꾸고 전향해 버린 사상범처럼, 지난날 '선생질'을 비아냥거렸던 옛 친구들이 이구동성으로 말했다. 교직이 최고야. 부러워 죽겠어. 나도 교직 이수해 선생이나 할 건데, 참 잘못 살았어.

전화번호를 찾았다. 상수의 부모님께 오늘의 사건을 알려주고 상수를 찾아오라는 통보를 해야 했다. 교무수첩을 뒤적이던 내 시선은 임상수의 사진 앞에서 멈췄다. 취미란에는 기타 연주, 부친의 직업은 회사원, 목표 대학은 음악대학이라고 적혀 있다. 악기 연습을 해야 한다며 정기적인 자율학습 조퇴를 요구하는 상수와 면담을 했을 때 부모의 뜻을 물었다. 공부는 안 하고 기타만 치겠다는 고3 아들을 너희 부모님은 인정을 해주시든? 상수는 무례한 학생이 아니었다. 인사성이 바르고 친구 간에 의리를 지키는, 급우 간에는 단연 인기 있는 아이였다. 언제나 잘 웃는 선한 눈매가 그걸 말해주었다. 처음에는 자신이 기타 연주에 미쳐 있어서 아버지와 많이 다투기도 했지만 지금은 자신을 이해해 주시는 편이라고 했다. 하지만 상수 아버지의 얘기는 달랐다. 밴드 멤버들이 죽치고 있는 지하 연습실에 찾아가 자동차 트렁크에서 야구 방망이를 꺼냈다는 상수 아버지는 혈기가 넘치는 사람이었다. 밴드 친구들이 보는 앞에서 방망이를 휘둘러 기타를 때려 부수고 나중에는 오열하고 말았다는 그날, 집으로 돌아가 라면을 끓여서 아들과 소주를 나눠 마셨다고 했다. 아들을 꿇어 앉혀놓고 정작 자신은 혈서를 썼다는 상수 아버지. 학년 초에 그를 만나 술잔을 주고받으며 들었던 얘기였다.

　이제 나는 상수 아버지에게 전화를 해야 한다. 혈서 위에 흩어져 버렸을 죽은 핏빛 글귀가 아닌, 아들의 퇴학이나 전학이라는 징계 내용을 담담하게 알려야 한다. 학년 초에 그의 초대로 가졌던 식사 자리나 술집에 관한 얘기는 떠올리고 싶지 않다. 무엇보다도 당장 상수를 찾아내야 한다. 상수 아버지에게 전화를 걸어 무슨 말부터 꺼내야 할까.

이유를 말해봐

9월 5일 아침, 류신화

"배고프지? 아침밥도 안 먹었을 텐데, 뭐 하나 시켜줄까?"

머리를 감았는지 팬시 누나의 머리에 수건이 감겨 있었다. 손을 올려 수건을 매만지는데 팔소매 속으로 겨드랑이 털이 보였다. 나는 가방을 한쪽으로 밀쳐두고 다리를 길게 뻗었다.

"밥 안 먹은 줄은 어떻게 알았어요?"

"왜 몰라? 아침마다 빵을 입에 쑤셔넣고 뛰어나간다며?"

"귀신이네."

일상은 반복이라더니, 아침 6시에 잠에서 깨어난 뒤 시작되는 일과는 하루도 다르지 않게 되풀이되었다. 왜 이렇게 일찍 깨웠어? 5분만 더……. 푸념은 똑같은 모양으로 반복되었지만 밥은 먹을 수 없었다. 엄마가 차려주는 토스트도 식탁에 앉아 차분히 먹어본 적이 없다.

"죽 먹을래? 요 앞에 죽 잘하는 집이 있거든."

"싫어. 죽은 안 먹어."

"왜?"

"죽을 좋아하면 가난하게 산대."

"누가 그래?"

"우리 할머니가."

"세상에 그런 말이 어디 있니? 너 정말 웃긴다."

팬시 누나가 입을 벌리고 소리 내어 웃었는데 목젖이 다 보였다.

"죽이고 밥이고 다 싫으니 잠이나 실컷 잤으면 좋겠어."

그러면서도 어젯밤에 제대로 잠을 자지 못했다는 말은 하지 않았다. 근린공원에서 마셨던 술을 깨려고 상수를 따라 카타콤 클럽까지 갔지만 술 냄새는 사라지지 않았다. 일요일로 다가온 공연을 준비하느라 상수네 밴드는 평일에도 연습을 했다. 카타콤 클럽에서 나온 밤 12시에, 독서실로 기어들어 갔다. 내 뒤에서 계속 엎드려 자고 있던 녀석이 더 이상 참지 못하고 집으로 돌아가 버렸다. 그런 후 견딜 수 없는 고요함이 찾아들었다. 오로지 책장 넘기는 소리만이 살아 있었다. 1시쯤에 설핏 잠이 들었을 때는 그놈의 가위눌림을 또 겪고 말았다. 답안지 마킹을 하려고 끙끙대는데 사인펜이 제멋대로 움직이더니 답안지를 망쳐버렸다. 에이 씨, 이게 뭐야? 마구 비명을 질러도 소리가 나오지 않았다. 깨어보니 뒤에 앉아 있던 재수생 형이 낄낄거리고 있었다. 2시가 되자 집으로 들어갔다.

"방에 들어가서 좀 자라. 아무도 찾아올 사람이 없으니, 푹 잘 수 있어."

팬시 누나가 내 어깨를 밀었다. 아무도 찾아올 사람이 없다고? 그런 말을 왜 하는가 싶어, 나는 슬쩍 몸을 피했다.

"미쳤어? 무방비 상태로 자다가 진짜 사고 나려고?"

"사고라니?"

"누가 알아요? 누나를…… 어떻게 믿어?"

"류신화!"

"칫, 그렇잖아."

"알고 보니, 이 녀석, 못 쓰겠네."

팬시 누나가 눈을 흘기며 내 팔뚝을 꼬집었다. 사실은 팬시점에 찾아온 것 자체가 좀 이른 셈이었다. 수능 끝나고 하고 싶은 것 10가지 중에 분명히 포함되어 있긴 했다. 헬스클럽 등록해서 초콜릿 복근 만들기, 머리 염색하고 귀 뚫기, 일주일간 연속으로 미팅하기, 날 새기로 술 마시기, 운전면허 따기, 알바해서 제주도 도보 여행 가기 등속에는 팬시점 놀러가서 낮잠 자기도 숨죽인 채 순서를 기다리고 있었다. 왜 하필 팬시점에 가서 낮잠을 자야 하는가를 반문하면서 아랫도리에 불끈 힘이 솟는 것을 느꼈고 그럴 때마다 스스로 얼굴이 붉어지곤 했다.

정말이지 나는 팬시 누나에 대해서 잘 몰랐다. 아이들은 여러 가지 소문을 들이대며 그녀를 짐작하려 했지만 결정적으로 확인할 수 있는 것은 아무것도 없었다. 결혼도 했고 아기도 낳은 적이 있으니 아줌마라고 불러야 한다며 실제로 그렇게 부르는 아이들도 있었다. 이혼한 남편에게 뺏겨버린 아기를 생각하며 가끔씩 눈이 퉁퉁 붓도록 운다는 얘기가 사실이라면 팬시 누나는 진정 가엾은 사람이다.

"나중에 수능 끝나면, 누나한테 와서 맘대로 놀고 싶어. 그게 내 소원이야."

진심이었다. 나는 일어서서 가방을 집어 들었다.

"그래, 그렇게 수능 걱정하는 녀석이 학교는 왜 안 가고 그래? 아무 이유도 없이."

"때로는 이유가 없는 것이, 이유가 될 때도 있는 거야."

"가려고?"

그녀가 몸을 돌려 나를 정면으로 바라보았다. 물기를 씻어낸 맨얼굴이 뽀얗게 달아올라 있었다.

"왜? 안 가면?"

하마터면 팬시 누나에게 가슴을 보여달라고 말할 뻔했다.

요즘 그랬다. 머릿속에 앞장서 달려드는 것이 바로 여자의 실제 젖가슴이었다. 야동이나 사진에 나오는 것 가지고는 성에 차지 않았다. 그녀를 방바닥에 쓰러뜨리고 티셔츠의 단추를 풀어헤치기만 하면 당장의 소원을 이룰 수도 있었다. 그렇게 야만스러울 필요도 없이 팬시 누나에게 약간의 응석을 부리기만 하면 그녀 스스로 단추를 풀어헤칠지도 몰랐다.

"배고프잖니? 라면이라도 끓여줄 테니 먹고 가."

"그냥 갈래요."

"왜?"

"지금 안 나가면 안 될 것 같아서."

"어디로 가려고?"

갈 곳을 물으니 정작 할 말이 없었다. 이제는 정말 어디로 가야 하나? 새삼스러운 물음 앞에 대꾸할 현실조차 낯설었다. 신발을 신으려 허리를 숙였는데 갑자기 코끝이 찡해졌다. 팬시 누나에게 눈물을 보이기는 싫었다. 분홍이의 눈물에서는 냄새가 날 거라고 했는데. 그 어디에서도 맡아본 적이 없는 냄새.

"누나, 혹시…… 나프탈렌 같은 거 있어?"

"뭐 하려고?"

"확 마셔버리게."

"뭐?"

"그러면 썩어 문드러져 악취가 진동하는 내 속이 다 깨끗하게 될 것 같거든."

"류신화! 이게 정말!"

팬시 누나는 두 눈을 동그랗게 뜨고 나를 노려보았다. 그리고는 내 등을 떠밀며 지금이라도 늦지 않았으니, 당장 학교에 가라고 했다. 학교에 다니면서 처음으로 해보는 무단결석은 용서의 대상이라고 했다. 그러면서 담임에게 제시할 몇 가지의 변명거리까지 챙겨서 일러주었다.

휴대폰을 켜보았다. 11시 5분이니 3교시가 시작될 시각이었다. 여름 내내 열기로 들끓었던 복도는 이제 새로운 계절을 맞이할 터였다. 졸다가 걸린 아이들을 일으켜 세워놓고 양탱이는 양자 간에 결단을 강요할 것이다. 꼬집힐래? 복도로 나가서 오리걸음 할래? 교직 생활 이십 년 만에 처음 만난 강적들이라며 고개를 내젓는 양탱이의 비애는 매년 똑같은 모습으로 반복되었다. 하지만 양탱이의 비애를 곧이곧대로 믿는 바보는 없다. 양탱이, 진짜 웃긴다. 작년에 선배들한테도 그런 소릴 했다던데, 레퍼토리 좀 바꿀 순 없냐? 이십 년 만의 강적을 어떻게 해마다 거르지 않고 만나냐? 아이들이 툴툴거렸다. 잠에서 깬 지 몇 초도 지나지 않아 겨드랑이를 꼬집히고 싶은 얼간이는 없다. 무거워진 하체를 힘겹게 옮겨야 하는 오리걸음을 하면서도 계속 잠을 자는 신공을 보이는 녀석도 있다. 허기진 4교시가 끝나면 식당을 향해 전력으로 질주할 아이들. 5교시 체육 시간이 끝난 뒤에는 좁아터진 화장실에 CMC가 등장한다. 그리고 아이들의 목덜미에 밀리는 때를 보며 혀를 찰 것이다. 머리 좀 감고 다녀라, 실내화 좀 빨아 신어라, 면도는 왜 안 하냐, 허구한 날 잔소리를 입에 달고 사는 담임의 별명은, '시엄시' 같다고 해서 'CMC' 였다.

창 밖에 붉은 노을이 떨어질 즈음이면 학교 담장을 뛰어넘어가 아파트 숲길이라도 걸어보고 싶지만 정작 실존적인 고통은 따로 있었다. 주린 배를 움켜쥐어야 했다. 최신 영화를 다운로드 받아 저장해 둔 PMP를 돌려보고 있을 아이들이나, MP3 이어폰을 귀에 꽂은 채 고개를 까닥이고 있을 친구들이 생각났다. 야자시간에 기력을 회복하지 못하고 연신 졸고 있는 친구, 잠을 깨워줬을 때 고맙다는 눈인사를 전해주는 친구, 목덜미의 근육을 지압으로 풀어주는 친구, 잠에서 막 깨어나 손아귀에 샤프를 꽉 잡았을 때 눈앞에 펼쳐진 친구의 격려 쪽지. 행복을 느낀다는 것이 그리 어려운 일이 아니라는 것을 친구를 통해서 알 때가 있다. 우리, 요번 모의고사 대박 함 내자. 땡땡이를 감행하고도 무사히 교실에 돌아올 수 있는 것처럼 살다보면 어쩌다 실수로 잘 본 시험도 있는 법이다.

맥도날드를 지나치면서 주머니에 들어 있는 돈을 헤아려

보았다. 그러다가 편의점에 들러서 삼각김밥과 주스를 샀다. 김밥을 한 움큼 베어 물었는데 다시금 가슴속이 뜨거워졌다. 학교에 가지 않았다는 사실을 알면 엄마는 내게 뭐라고 하실까. 비만이 인생 최대의 고민인 엄마는 최근 감행한 원 푸드 다이어트를 전격 중단하고 닥치는 대로 음식을 섭취할지 모른다. 엄마에게서 떨어져 나갈 살점의 그램 수치만큼이나 나의 모의고사 점수를 올리기로 했던 약속이 한순간에 파기되었으므로. 어쩔 수 없이 나는 학교에 가지 않은 이유를 다른 쪽으로 둘러대야 할 것이다. 이유가 뭔데? 추궁하는 이들에겐, 어떤 이유를 대더라도 이유 같지 않은 이유가 되고 말겠지만.

의사가 되고 싶어요. 병들고 가난한 사람을 치료해주는 의사 선생님이 될 거예요. 어렸을 때 무심코 대답했던 장래의 희망은 이제는 효력이 파기되어 버렸다. 의사 같은 건 아무나 할 수 있는 직업이 아니라는 것을 깨달은 뒤부터 나는 입을 다물었다. 장래의 희망이라니, 고백하건대 내 의지대로 말한 적은 한 번도 없었다. 틈날 때마다 아빠는 의사나 법조인 같은 전문직에 몸을 담아야 한다고 입버릇처럼 강조했다. 중학교를 졸업할 무렵까지도 아무런 반발도 못하고 고개를 끄덕였지만 고등학교에 진학해서는 나도 할 말이 생겼다. 현저히 떨어져 버린 성적 때문에 의대 같은 건 언감생심 꿈도 꾸지 못할 거란 걸 알고 난 뒤였다. 성적에 대한 자신감 여부는 슬며시 감춰두고 절대로 의대 같은 곳에는 가지 않겠다고 선언했다. 왜 의대가 싫다는 거냐고 아빠가 물었을 때, 나는 먼 산을 보듯 두루뭉술하게 말했다. 입시 면접 때 교수님이 왜 의대를 지망하느냐고 물으면 초롱초롱한 눈을 반짝이며 대답할 말이 없어요. 그 순간, 아빠는 지체하지 않고 말했다. 그건 미리 훈련해 가지고 대답하면 돼.

오후 2시 30분. 휴대폰에서 또 한차례 진동이 울렸다. 상수였다. 열어볼까 말까 망설였던 것도 잠시였다. 문자 메시지 창을 열었는데 놀랄 만한 내용이 떠 있었다.

완전좆됐다 난오늘부로학교쫑쳤다

아큐를 보는 눈

9월 5일 오후, 교장

행사를 치르기에 딱 알맞은 날씨였다. 가을 하늘은 높았고 뒷산의 녹음은 마지막 기승을 부렸다. 나무들은 머지않아 생기를 잃고 그 빛깔을 바꾸겠지만 지나간 계절의 위용만은 그대로였다. 더구나 이곳까지 승용차로 달려오는 동안에 빨간 정지 신호등조차 받은 적이 없었다. 막힘이 없는 길, 그 길을 달려온 덕분에 덩달아 유쾌해지는 기분이었다. 유연한 교통의 흐름은 마치 양신조 이사장이 살아온 인생 같았다. 예정된 시간보다 일찍 도착했기 때문에 주차장을 빠져나와 느긋하게 걸을 수 있었다.

"어이, 안 교장. 일찍 오셨네?"

뒤를 돌아보았다. 동현고 박 교장이었다. 가지런히 빗어 넘긴 그의 백발에서 정갈하고 묵직한 기품이 묻어 있었다.

"당신, 진짜 멋쟁이야. 그래, 자꾸 젊어지는 비결이 뭔가? 나는 염색을 해도 노상 이 모양인데 말이야."

"무슨 말씀? 사람들에게 물어봐. 누가 더 젊어 보이는 지……."

진홍색 스트라이프 무늬의 넥타이가 그의 감청색 양복과 잘 어울렸다. 나는 그와 보폭을 나란히 맞추었다.

"요즘 어때? 몸은 건강하신가? 병원 출입은 안 해?"

"아이고, 이놈의 풍치 때문에 죽겠고만. 가끔 치과에 다니는 거 말고는 별로 아픈 데는 없는 편이지 뭐."

"학교에 별일은 없고?"

그 순간 박 교장은 대답 대신에 손가락을 들어 앞쪽을 가리켰다.

"저건 뭐야? 허어, 저런 한심한 화상 좀 보게."

행사장인 호산공과대학 정문을 지나가려는데 머리띠를 두른 채 제 몸의 앞뒤로 피켓을 걸고 서 있는 한 사내가 눈에 들어왔다. 대학 직원인 듯한 사람들과 승강이를 벌이고 있는 장면과 피켓의 글자들이 어지럽게 스쳐 지나갔다. 유인물과 카메라를 사이에 두고 옥신각신하는 모습은 볼썽사나운 것이었다.

—교수가 이사장의 머슴인가? 족벌 사학 해체하라!

피켓의 문구를 통해서 재임용에 탈락된 교수가 1인 시위를 하고 있다는 사실을 알 수 있었다. 나는 눈살을 찌푸리다가 결국 쓴웃음을 짓고 말았다.

"저러니 재임용에 탈락될 수밖에 없지. 교수라는 작자가 머리띠를 두르고 저런 짓을 해서야 쓰겠는가? 하필 오늘같이 경사스런 날에 말이야. 저런 자가 학생들에게 무엇을 가르칠 수 있겠나?"

오전 11시, 행사장은 체육관이었다. 정문에서의 소란과는 상관없이, 호산학원 개교 30주년 기념식과 설립자 양신조 목사 생신 감사예배가 시작되었다. 체육관 입구에서 한복을 곱게 차려입은 여대생들이 행사 안내 팸플릿을 나누어 주었다. 자리는 미리 정해져 있었다. 호산고 오 교장과 잠시 눈인사를 나누기는 했으나 오 교장의 자리는 귀빈석에 따로 있었다. 오 교장은 양신조 이사장의 조카사위였다.

팸플릿을 펴들자 학원 설립 연혁이 눈에 들어왔다. 호산여중고, 호산대학, 호산중고, 호산공과대학의 건학 과정에 이어서 4년제인 호양대 설립인가 사실이 도도하게 드러나 있었고 호양대 본관 건물의 기공식 사진도 있었다. 연혁의 마지막을 장식한 호산나 교회와 복지시설 네 곳도 양신조 목사의 위업이었다.

은은하면서도 품격 있는 관현악단의 연주가 실내에 퍼져 나갈 때, 단상의 좌우를 빈틈없이 차지하고 있는 화환들은 꽃 향기를 내뿜었다. 모든 장면들은 축복이라는 이름으로 살아 움직였다. 좋은 곳에 가면 스스로 좋은 분위기에 빠져드는 것처럼 나는 한껏 들뜬 심정으로 행사를 지켜보았다.

1부 개교기념식이 끝난 뒤 2부 순서가 이어졌다. 설립자 양신조 목사의 생신 감사예배였다. 아들인 양원달 목사의 인사말에 이어 바리톤 김지석 교수의 찬송 '놀라운 그 이름'이 행사장 가득히 울려 퍼졌다. 학생처장의 사회로 '진실로 우리 품 안에 오신 분'이라는 이름의 3부 순서가 진행되었다. 설립자의 부인인 임숙 호산대학 학장과 함께 자른 축하 케이크 커팅이 끝나자 참석자 전원이 일어나 관현악단의 반주에 맞춰 축가를 합창했다. 나에게는 낯선 노래였지만 입을 조금씩 열어 따라 부르는 시늉을 했다. 각계에서 전달된 축전과 선물 증정식이 진행되는 동안 사회자인 학생처장은 목소리를 높였다.

"우리 학원의 이사장님이신 양신조 목사님은 올해 춘추가 여든이시지만 호산학원의 역사와 함께 이제 막 서른 살 청년이십니다."

격조 있는 박수소리가 잔잔하게 퍼져나갔다. 화기애애한 분위기는 시종여일 변함이 없었다. 뒤이어 마이크를 잡은 사람마다 이사장의 무병장수를 기원했다.

나는 눈을 지그시 감았다. 맑고 선명한 감동이 밀려들어 숨이 막힐 지경이었다. 나 같은 필부로서는 상상조차 할 수 없는 고난이 그의 앞길을 가로막았을 것이다. 온몸을 불사르며 한 평생을 후학 양성의 신념으로 매진하여 오늘날의 업적을 일궈낸 양신조 이사장이야말로 교육계의 존경을 받아 마땅한 인물이었다. 변변찮은 관내 일선 고등학교 교장까지 초청을 해준 후덕함 때문이라기보다 그분이 살아온 삶이 감동의 샘물 바로 그 원천이었다. 장남 양의달 씨는 호산공과대학 학장, 자부 심순의 씨는 글로벌비지니스학과 교수, 삼남 양한달 씨는 WEC외국인학교 이사장 겸 국제호텔 사장, 오남 양재달 씨는 산업디자인학과 학과장, 장녀 양미라 씨는 호산대학 지역개발연구소장, 막내딸 양미현 씨는 호산여중 교감, 막내사위 진두호 씨는 호산대학 교목실장, 조카사위 오치근 씨는 호산고 교장이라 했으니 양신조 이사장은 가히 교육계의 칭송뿐만이 아니라 자녀들에게서도 존경을 받지 않을 수 없는 인물이었다.

점심 메뉴는 삼남이 경영하는 국제호텔의 외식산업부에서 제공한 출장 뷔페였다. 박 교장을 비롯한 관내 고등학교 교장 몇 사람과 둘러앉아 식사를 하면서도 똑같은 생각을 나누었다.

"참 보기가 좋구먼."

"앞으로도 이 대학은 더욱 번창하겠어요."

"아이디어가 참 좋지 않은가. 입시설명회다 뭐다 해서 학생 모집하러 다닐 필요가 뭐 있겠어? 이런 게 훌륭한 입시설명회지."

"다른 대학들 얘기 좀 들어보게. 부실한 사학들, 교수 채용시켜 주고 얼마씩 받는 줄 알아? 그런 게 없다니, 이 대학은 얼마나 깨끗한가?"

"정말 대단한 분이셔."

누가 뭐라 해도 양신조 이사장은 교육계 안팎의 존경을 받아 마땅한 인물이었다. 나름대로의 철학을 갖고 자신의 일가를 이룬 분이라는 데 뜻을 달리하는 교장은 없었다. 간혹 양신조 이사장을 비난하는 자들이 있기도 한다지만 그런 자들은 대개 자신의 앞가림도 제대로 못하는 얼치기들인 경우가 많았고 사촌이 땅을 사면 배가 아프다는 질투의 심보를 주체하지 못하는 족속들이었다.

만국기가 펄럭이는 행사장의 앞뜰로 걸어 나오는데, 교무실 번호가 찍힌 전화가 걸려왔다. 폴더를 열고 전화를 받아보니 교감이었다.

"교장 선생님, 사건이 하나 터졌는데요."

무언가 힘겨워하는 교감의 목소리에 심상치 않은 기운이

담겨 있었다. 잠시 후 교감은 믿을 수 없는 해괴한 얘기들을 주섬주섬 늘어놓고 있었다. 한참 동안 듣고만 있었을 뿐 다른 교장들의 눈치를 보며 나는 말을 아꼈다. 교감이 조심스럽게 말했다.

"지금, 학교로 들어오시겠습니까? 교장 선생님?"

목불인견이라더니, 보지 않을 수 있다면 좋으련만 이제는 볼 수밖에 없다. 보고 싶어서 보는 게 아니고 보고 싶지 않아도 보아야 하는 현실이 되고 말았다. 우리 사회는 모름지기 언론 보도가 문제였다. 학생에 대한 체벌이 지나쳤다고 하여 교사들이 죄인 취급을 받는 뉴스와 기사가 판을 치기 시작한 뒤부터 나는 벌써 우리 사회의 암울한 미래를 예견하고 있었다.

교권이라는 말은 이제 입에 담기조차 비루한 세상이 되어 버렸다. 신문에서 읽었던 기사 내용이 아니었다. 대명천지에, 부끄럽게도 우리 학교에서 벌어진 일이었다. 아닌 게 아니라 기자들이라도 들이닥치는 날에는 학교가 벌집을 쑤셔놓은 꼴이 될 수도 있었다. 그렇다면 어떻게든 사건을 확대시켜서는 안 될 일이었다.

임상수는 어떤 아이일까? 아직은 철이 없는 나이라는 것을 감안하더라도 미성숙한 소년의 장난기쯤으로 치부하고 말기엔 죄질이 너무 나빴다. 하필 홍문기 선생의 학급에서 벌어진 일이라니, 그것부터가 우울한 일이었다. 학생 지도와 진학 지도의 귀재라 불리던 베테랑 홍 선생에게 나이 탓을 하며 손가락질하는 자가 있다면 교장인 나부터 나서서 뜯어말릴 판이었다. 진학반 담임에는 젊은 교사를 배치해야 한다는 통념, 나이 많은 교사는 아이들의 눈높이를 맞추지 못한다는 의견에 나는 동의하지 않았다. 오랜 현장 경험에서 우러나오는 나름대로의 교수법과 젊은 교사들이 갖지 못하는 학생들에 대한 포용력을 어떻게든 살려야 한다고 믿었다. 무능과 타성에 젖은 늙다리 교사들로 매도하며 교원 정년 단축이라는 악법을 통과시켰을 때, 나는 팔소매를 걷어 올리고 청와대로 달려가 할복이라도 하고 싶은 심정이었다. 교육의 당면 문제를 교사들 탓으로 몰아붙인 채 평생을 숙명인 양 보듬고 살아왔던 교단을 불명예스럽게 쫓겨나야만 했던, 그해 광란의 숙청을 나는 두 눈에 흙이 들어오는 날까지 잊을 수가 없다. 선생 보기를 우습게 아는 세상을 만들어 놓으니, 학생들마저 미쳐 날뛰다가 결국 오늘과 같은 사건이 터진 것이 아니겠는가.

"김 양아, 얼음물 한 잔 가져오너라."

인터폰을 누르는 손끝이 바들바들 떨렸다. 탁자 위에 호두알 두 개를 가만히 내려놓았다. 그리고 서랍을 열어 혈압약을 꺼냈다. 창경고 장 교장이 선물한 호두알이었다. 장 교장은 오래전부터 손바닥 안에 호두알을 굴리고 다니는 습관을 가진 사람이었다. 장 교장이 강조하기를, 손바닥에는 오장육부의 기맥과 2만여 개의 신경 반사섬이 집중되어 있기 때문에 손은 몸 밖에 나와 있는 뇌이자 인체의 축소판이라고 했다. 손바닥을 잘 다듬어야 혈액순환이 좋아지고 활력이 생긴다는 말이었다. 건강을 잃으면 전부를 잃는다는데 최근 들어 특별히 과로한 것도 없이 온몸이 뻐근하고 숨이 찼다. 무시로 어깨가 결리고 손발이 저렸다. 그런 나를 더는 두고 볼 수 없다며 같은 증세를 겪었다는 장 교장이 호두알을 선물한 것이다. 옛날 할머니들이 침침한 호롱불 밑에서 뜨개질을 했던 것도, 젖먹이 아이에게 곤지곤지나 잼잼을 시켰던 이유도, 손 운동을 통해 혈액순환을 돕는 효과를 내기 위해서였다고 했다. 호두알을 쥐고 굴리면 손바닥의 수지점을 자극해 지압효과를 낼 수 있고 혈액순환이 잘되게 도와준다니, 호두알은 지금의 나에게 더없이 편리하고 고마운 휴대용 의료기구인 셈이었다.

혈압약을 입 안에 털어놓고 물을 마셨다. 잇몸 안쪽에서 찬 기운을 견뎌내는 통증이 느껴졌다. 이젠 찬물도 마음대로 못 먹겠군. 더운 물만 마셔야 할 계절이 된 건가. 나는 소파에 몸을 비스듬히 눕힌 채 눈을 감았다. 하긴 임상수만 한 나이 때라면 나도 고향 마을의 언덕배기 소나무 그늘에 누워 어른들을 원망했을 것이다. 꼴을 뜯거나 쇠죽을 쑤다 말고 뒷산으로 올라가 손바닥을 들여다본 적도 있었다. 손금에 박힌 유별나게 짧은 출세 선을 한탄하며 지게 위로 펼쳐진 하늘 끝을 가늠해 보기도 했다. 평생을 농사와 노동으로 살아온 탓에 옹이 박힌 투박한 손마디를 감추고 계시는 할아버지와 아버지의 삶을 따르고 싶지는 않았다.

김 양이 다시 들어와 더운 물을 가져왔다. 서랍을 열어 이번에는 간장약을 찾았다. 약을 먹을 때마다 스트레스는 금물이라고 되뇌어 보지만 그 순간 스트레스는 더 늘어나는 것 같았다. 새삼 유리컵을 쥔 손을 바라보았다. 적어도 노동으로 인이 박힌 손과는 거리가 멀었다. 마당에 덕석을 깔아놓고 아침나절 내내 털어낸 참깨를 지켜보고 있던 어느 날, 고샅을 지나가던 어떤 스님이 나를 뚫어지게 쳐다보았다. 공양 좀 해주련? 스님의 풍모에 압도된 나는 보리쌀 한 됫박을 퍼들고 나와서 스님의 바랑에 담아주었다. 허허, 그놈, 바지게나 지고 거름이나 나르며 살 관상은 아니로세. 알 수 없는 말을 중얼거리더니 형편이 되는 대로 도시로 나가보라고 했다. 그 길로 보따리를 쌌고, 읍내 터미널에서 사범대학에 다니는 친구를 만난 것이 내 운명의 전환점이 되었다.

그래도 교장 노릇이라도 하고 있으니 출세라면 출세를 한 셈이었다. 손금 안의 출세 선은 짧았지만 어디 손금대로만 살란 법이 있던가. 교장은커녕 교감도 못해보고 정년을 맞아야 할 처지인 홍 선생 같은 사람들에 비한다면 출세도 대단한 출세였다. 나는 가죽소파에 깊숙이 몸을 파묻은 채 다시금 손을 바라보았다. 아무리 보아도 노동으로 단련된 손은 아니었다. 요즘 일부 교사들은 스스로를 노동자라고 우긴다지만 그게 다 등 따습고 배부른 시대가 되니까 지껄이는 헛소리일 뿐 대거리할 가치도 없었다. 교사가 어째서 노동자야? 교직은 하늘이 내려준 성직이자 전문직이지. 기본적인 소양이나 자격도 없는 얼간이들. 그런 교사들을 만나면 한 명씩 맞상대하며 철저하게 가르쳐주고 싶지만 그들은 대화 자체가 되지 않는 사람들이었다. 앞뒤가 꽉 막힌 청맹과니들. 아이들이나 잘 가르칠 연구는 하지 않고, 노동자니 뭐니 외치면서 머리띠를 두르고 데모나 하는 꼴이라니. 그래서 교사는 정기적으로 검증을 받아야 마땅하고 함량에 미달되는 자들은 가차 없이 걸러내야 했다.

아큐와 다를 게 뭔가.

세상의 발전을 위해서는 때로 혁명이 필요하다는 것을 모르지는 않았다. 나도 피 끓는 젊은 날을 겪었다. 유신 시절에 교직에 들어왔으니 못 볼 것들도 봐야 했고 가르쳐서는 안 될 것들을 가르친 적도 있었다. 6공 정권 때 나도 몇 차례 교육의 변화를 염원하는 연판장에 서명을 하기도 했다. 나는 마르크스가 어떤 작자인지는 몰라도 동양 사람의 뇌세포도 조작

할 수 있었다는 점에서 그를 존경한 적이 있었다. 하지만 지금은 그게 아니었다. 세상이 달라졌다. 그토록 갈망하던 민주화는 흡족하게 이루어졌다. 학교 현장에서 요구되고 있는 것은 민주화로 포장된 방종이 아니라 수요자의 부릅뜬 눈이었다. 내 손에 혹여 볼록렌즈라도 들려져 있다면 이제는 두 눈에다 붙여서 똑똑히 들여다보고 싶다. 정신 나간 선생들을 불러다가 그들의 손에 쥐어주고 싶다. 유행이 지나간 레코드를 틀어놓은 듯, 기치를 상실한 혁명 앞에서 무기력한 변명만 늘어놓는 게 능사인 양 허방다리 짚고 사는 선생들. 그들이 건재하다는 사실이 서글펐다. 솔직히 그랬다. 그들을 보면 안타까운 심정보다 측은함이 달려들었다. 제 앞길도 가늠하지 못했던 지난날의 아둔함을 아직도 추스르지 못한 채 풍향을 잃은 돛단배 같이 그들은 여전히 떠돌고만 다녔다.

아큐란 놈도 그랬을 것이다. 자신의 왼팔에 감겨 있는 완장이 자랑스러워 어깨를 으쓱대며 거리를 활보했을 것이다. 날로 고조되는 기분을 남들과 나누고 싶었을 것이다. 보라. 교장단도 우리를 두려워하지 않느냐. 자신을 두려워한다고 믿는 사람들의 눈빛들을 보고 이게 정녕 꿈만은 아닐 거라며 제 살점을 꼬집어 확인하려 들었을 것이다. 나에게 돌을 던질 수 있는 자, 자신 있게 던져 보라고, 변발을 거둔 자들 한 발짝씩 나서보라고. 반혁명분자들 주제에 무슨 할 말이 있느냐며 입에 거품을 물었을 아큐 같은 작자들. 이런 날이 올 줄 알고 있었다면 정말 세상은 살고 볼 일이지 않은가.

생각해보면 옛날 교장들이 참 편했던 것 같다. 고분고분 말을 잘 듣는 교사들은 갈수록 줄어들고 사사건건 말대꾸나 해대니 교장 노릇도 정말 못해 먹겠다. 한심스럽기 짝이 없는 놈들. 이제 교직에 들어온 지 10년차나 될까 말까 한 신출내기 녀석들이 학교 돌아가는 일을 제 입맛대로 해먹으려 들었다. 언젠가 교무실에 들렀다가, 교감에게 목이 터져라 소리를 박박 지르던 젊은 선생을 본 적이 있었다. 실력보다는 청소를 잘하는 교사가 인정받아서야 되겠느냐고 핏대를 올리던 꼬락서니를 보고서 교무실 문을 닫고 나가버렸다. 자신의 책상 정리도 제대로 하지 못하는 놈이 게을러터진 자기 습성은 반성하지 않고 제 삼촌뻘 되는 교장, 교감에게 공격하는 것만을 능사로 여기고 있었다. 세상에서 자신이 가장 잘났다고 큰소리치고 살고 있으니 아무도 모를 것 같지만 그들이 저지르고 다니는 행각쯤은 나도 다 알고 있다. 수업의 절반가량은 쓸데없는 잡담으로 일관하면서, 그 잡담이란 것도 제 자랑이거나 음담패설 따위의 저질스럽기 그지없는 내용들이었다. 바람직한 대안을 제시하지도 못하면서 무엇이든지 하지 말자고만 목소리를 높이는 놈들이 학부형들에게 술 얻어먹고 다니는 데는 앞잡이 노릇을 했다. 그런 놈들이 꼭 다음 날이면 아이들을 자습시켜 놓고 책상에 엎어져 잠이나 자기 일쑤였다. 자기 물을 맑게 다스린 뒤 남의 허물을 탓하는 게 아니라, 자신의 진흙탕 물은 애써 외면한 채 남에게 손가락질하는 것을 무기로 삼는 자들. 남에게 손가락질을 하면 나머지 네 손가락은 자신을 향하고 있다는 사실을 왜 모르는 걸까.

학력 신장에 대한 아이들의 기대치는 나날이 높아 가는데, 그것도 모르고 수년 전에 해놓은 교재 연구 내용을 가지고 곶감 빼먹듯이 우려먹고 있는 교사들을 보면 학부형들의 불만이 이해가 됐다. 진정으로 교단을 떠나야 할 사람들이 엄연히 현장에 존재하는 것이다. 사교육의 바다에 떠 있는 공교육의 섬이라며, 초라한 공교육을 긍휼히 여겨 어떻게든 살려내자고 아우성치는 현실에서, 사교육의 한 뼘도 따라잡지 못하는 무능한 교사들로 채워져 있다면 죽었던 공교육이 저절로 살아오기라도 한단 말인가. 교육청에서 요구하는 재교육 연수를 받지 않으려고 발을 빼는 교사들은 자신이 퇴보하고 있다는 사실을 부정하려 든다. 조자룡 헌 칼 쓰듯 철 지난 문제 풀이 방법을 아이들에게 전수하고자 하는 교사들은 자신의 부끄러움부터 알아야 한다. 공자 말씀에도 아는 것을 안다고 말하고 모르는 것은 모른다고 말해야 그것이 진짜 아는 것이라고 했거늘, 아는 것도 없는 놈들이 모른다고는 말하지 않고 자신이 최고인 양 큰소리만 쳐대니, 교장인 내 애간장이 끊어질 수밖에.

　모름지기 우리 학교에서 가장 일찍 출근하고 가장 늦게 퇴근하는 사람은 교장인 나다. 신선한 아침 공기를 여유롭게 음미하며 날마다 교문 앞으로 나간다. 학교 앞 4차선 도로에서 매일 아침 교통정리를 하면서, 복장이 단정치 못한 학생이 지나가거나 머리가 긴 학생을 보면 바로 그 자리에서 호통을 친다. 그게 싫어서 반항하는 아이는 한 명도 못 봤다. 교장인 내가 솔선수범하여 학생을 지도하고 있기 때문이라는 것을 학생들이 더 잘 알고 있다. 존경스러운 교장 선생님이라고, 학생들과 학부모들이 이구동성으로 말한다. 기실 자랑할 일은 아니지만, 자치구의 한 신문에 내 기사가 보도된 적도 있다. 선행의 더께는 가식으로만 쌓을 수는 없다는 것을 잘 알기에 나는 진정으로 오른손이 한 일을 왼손에게 말한 적이 없다. 그랬는데, 새파랗게 젊은 남대현이란 선생이 슬그머니 다가와서 한다는 말이, 교장 선생님, 이런 일은요, 초등학교 교장 선생님들이나 하는 거예요.

　이것 참, 이러니 내 혈압이 높아질 수밖에. 자신이 할 일은 제대로 하지 않으면서 무조건 상대방에 대한 공격만을 일삼는 자들일수록 자신의 자리는 제대로 지키지 못한다. 간밤에 얼마나 퍼마셨는지, 술도 덜 깬 몸으로 아침 수업에 들어가서 이슬처럼 맑은 아이들의 영혼을 파괴시키는 자들이 교단에 남아 있다면, 이게 진정 말이나 되는가. 학생들의 수업 장악은커녕 책상에 엎드려 잠이나 자버리는 교사에게 꼬박꼬박 봉급을 챙겨줄 만큼 국민의 세금은 관대하지 않다. 철밥통이라는 오명을 뒤집어쓴 채 교단에 아득바득 남아 있는 진드기들을 언제까지나 데리고 가야 한단 말인가.

점심 때 먹었던 뷔페 음식이 소화가 되지 않았는지 뱃속이 불편했다. 임시 교무회의에 참석하기 전에 보건실에 들러서 소화제라도 먹어야겠다고 생각하고 교장실 밖으로 나왔다. 오전에 외출하기 전에도 보건실에 갔었다. 혈압을 체크하고 냉매실차를 한 잔 마시긴 했지만 그리 오래 있지는 않았다. 건강을 잃으면 다 잃는다는데, 그 무엇을 다 잃어도 좋으니 그래도 굳건하게 지켜야 할 것이 건강이었다. 나는 손바닥에 있는 호두알을 더욱 거세게 주물렀다. 저절로 터져 나오는 한숨을 힘겹게 눌러가며 긴 복도를 걸어갔다.

봄날은 온다

9월 5일 오후, 신화 엄마

언제였던가요. 가녀린 목선과 잘록한 허리 라인은 말할 것도 없고 손가락 끝으로 누르는 것조차 조심스러웠던, 탄력 있는 피부를 가졌던 시절이 있었어요. 믿지 못하겠다면 할 수 없는 일이지만, 혼자만 보기에는 너무도 아까웠던 그야말로 눈부신 몸매를 가졌던 시절이 내게도 분명 있었단 말이에요. 영영 그 시절로 돌아갈 수 없을 줄 알았지만 이젠 문제없어요. 이거야말로 두 눈을 깜박이는 것만큼이나 쉬운 일이라는 걸 이제 알았으니까요.

오늘도 이곳 바디스타 피트니스 클럽에 오기까지, 여러 사람들을 만났지요. 변해버린 나를 보고 충격을 받았는지 하나같이 벌어진 입을 다물지 못하더라고요. 엘리베이터에서 만난 1103호 여자만 해도 그래요.

"난 또 누구라고? 신화 엄마 아냐? 언제 이렇게 변해 버렸어? 사람 몰라보겠네."

1103호가 나의 몸매 이곳저곳을 훑어보았는데 정신을 잃을 지경이라는 눈치였어요. 상가 앞에서 만난 부녀회장은, 샘물처럼 솟아오르는 질투심을 감추느라 속으론 땀깨나 흘렸을 거예요. 나는 그런 부류의 여자들을 만나면 가능한 자비로운 웃음을 짓고 싶어요. 겉모습에 무관심한, 느려빠진 게으름은 이제 내 것이 아니니까요. 가사 일에 이골이 박힌 아줌마들의 뭉툭한 손가락 마디는 두 번 다시 보고 싶지도 않지만 그 심정을 표현이라도 하는 날에는 천박한 그녀들과 다를 게 뭐겠어요.

나이를 먹었으니 나잇살이 붙는 거야 당연한 거지. 이 따위 혐오스러운 말을 입에 담다니……. 피트니스 원장이 늘 강조하는 거예요. 눈이 오나 비가 오나 하루도 빠지지 않고 제 시간에 등장하는 길례 언니를 볼 때면 존경심마저 우러나와요. 실제로는 50대 중반이라는 길례 언니 곁으로 다가가 속삭여요.

"언닌 아무리 봐도 30대의 몸매야. 신이 빚은 몸매."

음악에 맞춰 사이클 페달을 굴리다 보니 슬슬 땀이 나기 시작하네요. 스피닝이 끝나면 러닝머신에 올라가는데요, 가슴이 쪼개질 만큼 숨이 차오르기 전에는 절대 내려오지 않아요. 독한 년이 되어야 해. 수십 차례를 속으로 되뇌다 보면 땀방울이 온몸을 휘감기 마련이지요. 그때서야 숨을 고르고 천천히 전면 거울을 바라봐요. 바벨을 들어올리기도 하고 벤치에 누워 덤벨을 밀어 올리는, 변해버린 내 모습이 거울 속에 있어요. 끼니는 거를망정 피트니스 클럽을 빼먹을 수는 없으며 물을 마시지 않더라도 들숨과 날숨의 교차는 놓치지 않아요. 그렇지, 이제 조금만 더 노력하면 드디어 처녀 때의 내 몸으로 돌아갈 수 있을 거야. 한순간에 두 눈은 마비되고 호흡은 멎고 말아요. 뇌 세포의 가느다란 촉수에서 현기증이 밀고 올라와요.

"그만 좀 해. 이러다가 사람 하나 잡겠네. 신화 엄마는 꼭 죽으려고 헬스 하는 여자 같애. 밥은 안 먹고 살 거야?"

사우나로 내려가던 기영이 엄마가 눈을 흘기고 서 있네요.

"먼저 가 있어. 에어로빅 하고 내려갈게."

방심은 금물이에요. 오전의 헬스가 끝나면 악몽 같은 점심시간이 찾아오는 걸요. 임신했을 때처럼 먹고 싶은 음식이 별의별 메뉴로 떠오르지만 할 수 없는 일, 무작정 참아야지요. 산후 비만으로 몸뚱이가 이 지경이 된 걸, 부풀어 오르는 살덩이를 다시 보듬고 살기보다는 차라리 굶는 게 낫지 않겠어요.

물만 먹어도 살이 찌는 체질이라고 그 누가 말했던가요. 물한 모금 마시지 않은 점심시간이 끝나면 곧바로 에어로빅이 시작돼요. 댄스 다이어트라고 해야 더 어울리는, 어쨌든 하루 중 가장 신나는 시간이에요. 오전 내내 사투를 벌여야 했던 헬스장에서의 지루함 같은 것은 남아 있을 리 없어요. 댄스는 재미있기도 하지만 유산소 운동이기 때문에 나처럼 체지방이 많은 사람에게는 최적의 운동이라고 일찍이 피트니스 원장이 말해주었어요. 꾸준히 지속하면 몸무게를 줄일 수 있을 뿐만 아니라 처녀 때의 바디 라인을 찾을 수 있다는 말도 덧붙여 주었고요. 바디 라인이라니, 가슴이 두근거려요. 꿈결에서라도 찾고 싶은 것이 바로 그것 아니었나요.

숨이 가빠져요. 천장이 내려앉고 마룻바닥이 일어나 너울거려요. 목울대까지 숨이 차오르면 이를 악물어요. 내 몸에서 떨어져 나가야 마땅할 살들이 덩달아 움직일 때면 더욱 힘찬 동작을 해야 해요. 조금만 더 노력하면 전면 거울이 마주 보이는 맨 앞자리로 옮겨 주겠다고 했거든요. 굉음으로 울려 퍼지는 댄스 음악에 모든 청각을 열어놓고 격렬하게 몸을 움직이는 거예요.

—자기야 사랑인 걸 정말 몰랐니. 자기야 행복인 걸 이젠 알겠니. 자기를 만나서…….

남이 듣거나 말거나 악을 쓰듯 마구 소리를 내지르며 노래를 따라 불러요. 내 안에 잠재되어 있던 에너지는 모두 일어서라. 지방질은 죄다 분해되고 콜레스테롤은 그 자리에서 주저앉을 것이며, 그리하여 다시는 우리 신화 입에서 '우리 엄마는 스모 선수야'라는 망령 난 언어만큼은 사라지도록 하여라. 신화를 떠올리며 다시금 이를 악물어요. 살다보면 엄마와 아들이 닮아가는 꼴을 발견하고 감탄하는 일이야 지극히 자연스러운 일이지요. 그런데 왜 이리도 신화와 나는 점점 엇박자로 비틀어지기만 하는지 이해할 수가 없어요. 신화의 성적과 내 몸무게가 뚜렷하게 비례하며 어긋나고 있거든요. 초등학교 때 천재 소리를 듣던 신화의 성적은 갈수록 곤두박질치고 개미 허리 소리를 듣던 내 바디 라인은 형편없이 뭉개져 왔으니, 그런 이유 때문에 아들과의 약속은 신성한 거예요. 신화의 성적과 내 몸무게를 원상회복시켜 놓자는 모자간의 맹세야말로 서로를 더없이 행복하게 하는 것 아니겠어요.

집으로 돌아가기 전에 반드시 거쳐야 될 마지막 코스가 바로 사우나예요. 껍질을 벗겨내듯, 하루 종일 내 몸에 지겹도록 달라붙어 있던 땀들을 남김없이 씻어내야 해요. 뽀얀 수증기가 거칠게 코를 틀어막을 때는 질끈 눈을 감으면 그만이에요. 처절한 시간이지요. 내 몸에 엉겨 붙어 있는 살들에 대한 전쟁을 선포한 이상 할 수 있는 모든 걸 해보려고 하는 이 마당에, 원 푸드 다이어트를 가르쳐 준 길레 왕언니는 구세주보다 더 고마운 존재예요. 사과 조각만 씹고 산 지 벌써 닷새째로 접어들었어요. 종일토록 헛것이 보이긴 하지만, 지금 나에게서 허기진 뱃속쯤이야 무슨 대수겠어요.

"내가 미쳐. 반장 엄마가 자기는 이십을 냈다고 십만 원씩을 더 내라고 하는데 어떡해? 그냥 줘야지?"

"아니, 왜? 요 앞 번에 십만 원씩 걷었다면서? 또 걷어?"

땀방울이 코끝으로 떨어지는 것을 손바닥으로 훔쳐내고 있는데 옆에서 사우나를 하고 있던 여자들의 얘기가 귀에 들어왔어요. 아이들의 학교 얘기가 분명해요. 선생님들과 회식이 끝났는데 반장 엄마가 별도로 돈을 더 거출하더라는 대목에서 한 여자가 흥분하기 시작했어요.

"우리 반 반장 엄마는 겉으로는 고상한 척하거든. 그런데 담임을 개인적으로 만나서 다 꼰지른다잖아. 그 여자한테 밉보였다간 어휴, 골로 가는 거야. 그러니 누가 무슨 말을 하겠어?"

"해도 너무 하네."

"누구? 그 여자?"

"그 여자도 그렇고 담임도 그렇고……. 근데, 왜 이렇게 담임을 신경 써? 그냥 무시해 버리지."

"신경은 무슨? 누가 좋아서 그래? 괜히 눈 밖에 났다간 피곤해지니까 그렇지. 아무리 학교가 경쟁력이 없는 곳이라고 해도 담임 관리를 안 할 수는 없는 거잖아. 선생들은 참 이상해. 쥐뿔이나 자존심은 세 가지고 자기가 무시당했다고 생각하면 괜히 애한테 화풀이를 하더라고. 그러면 좋을 게 하나도 없어."

"그건 그렇고, 괜찮은 수학 과외 하나 붙여준다 해놓고 왜 소식이 없는 거야?"

그녀들의 수다는 쉽게 그치지 않았어요. 그 또래의 아줌마들이 그렇지요. 만나서 하는 얘기의 대부분이 자식들의 학교와 성적 얘기잖아요. 숙명이고 굴레가 되어 그것들로부터 한시도 자유로울 수가 없어요.

신화가 초등학교에 들어갔을 때였어요. 특목고에 아들을 진학시키고자 하는 꿈을 갖긴 했으나 기대만큼 성적을 내지 못해 언제나 불만이던 시누이가 갑자기 남편과 나를 호출하는 거예요. 신화 아빠의 표현대로라면 이른바 특별 교육인 셈인데요. 나쁜 생각은 하지 마라. 나쁜 쪽으로 생각하면 너희들이 심리적으로 피곤해. 그냥 좋은 곳에 성금 낸다고 생각하고 맘 편하게 줘. 절대 때를 놓치지 말고 남들 눈치도 볼 필요 없어. 학부모회엔 무슨 일이 있더라도 꼭 가입해야 하고. 대표 엄마가 되기가 뭐하면 뒤로 슬쩍 빠졌다가 적당히 협조만 해주면 돼.

그런 걸 왜 해야 돼? 즉각 반발하는 남편의 허벅지를 내가 꼬집었어요. 사실 시누이의 지시대로 나는 학교를 위해 바쁘게 움직일 형편이 되지 못했거든요. 그래도 신화의 학년이 바뀔 때마다 거르지 않고 학교를 찾아가기는 했고 시누이가 강조했던 시기라는 것도 놓치지 않으려고 노력했어요. 집안일에는 무심했던 남편도 신화의 공부만은 관심이 많았지요. 그랬는데도 남편은 학교와 교사들에 대해서라면 무조건 부정적이었어요. 스승 좋아하시네. 요즘 같은 세상에, 그런 게 어디 있어? 범죄자와 다를 게 뭐야? 이 세상에서 젤로 나쁜 새끼들은 모조리 학교에 모여 있다니까. 제발 헛심 좀 쓰지 말고, 차라리 다른 곳에나 신경을 쓰란 말이야.

신화가 초등학교에 다닐 때였어요. 하루는 남편이 퇴근을 하자마자 신화의 공부를 돌봐주겠다고 자리를 깔고 앉는 거예요. 아이 곁에 붙어 있던 남편이 신화의 숙제를 돕는답시고 팔을 걷어붙이고 나선 거죠. 학습 준비물을 일목요연하게 훑어본 남편은, 망치와 톱은 집에 있는 걸로 가져가면 될 테고, 작은 못 5개와 큰 못 3개는 그 크기가 실제 얼마인가에 대해서 잠시 고민했지만 어쨌든 동네 철물점에 가서 구입했으며 소형 건전지 1개는 슈퍼마켓에서 사는 등 신화 손을 잡고 두 시간여를 헤매고 돌아다녔나 봐요. 그러다가 일정한 크기를 요구하는 나무판자에서 막힌 거예요. 제재소나 목공소까지 찾아보았지만 도저히 구할 수가 없어서 결국 포기해야 하는 순간 나에게 전화를 했어요. 이런 숙제가 어딨어? 어른인 나도 두 시간 동안 돌아다녀 봐야 구할 수 없는데 어린애가 어떻게 이걸 다 준비하지? 의아해 하는 남편에게 나는 혹시 학교 앞 문구점에 가보면 있을지도 모른다고 말해줬어요. 이윽고 한 꾸러미로 세팅이 되어 있는 준비물을 학교 앞 문구점에서 사온 남편이 씩씩거리며 들어왔어요. 하여간 지저분한 새끼들이야. 이런 식으로 팔아먹다니. 발상이 이렇게 치졸해서야……. 심지어는 앙증맞은 망치까지 포함해 준비물의 모든 것들이 얌전히 포장되어 있는 작은 꾸러미를 눈앞에 두고 남편은 경기가 난 듯 몸을 떨었어요. 그런 일이 있은 후로 학교와 교사 집단에 대한 남편의 질시만은 쉽사리 수그러들지 않더라고요. 울며 겨자 먹기라고, 신화가 중·고등학교에 진학하면서부터는 대놓고 하는 막말은 점차 줄어드는 눈치였어요. 그 대신 친구들의 자녀가 공부를 잘하느냐 못하느냐에 대한 화제는 끊어지지 않았어요. 친구 누구의 자녀가 명문대학에 진학했다는 소식을 가져온 날 밤에는 잠을 이루지 못한 채 깊은 한숨을 내쉬며 밤새 뒤척이기도 했고요. 학교에다 신화를 맡겨놓은 셈이니 선생님한테 잘 보여서 나쁠 건 없잖아. 극도로 소심해진 남편은 내 말을 무덤덤한 표정으로 듣기만 하던걸요.

학년 초에 나도 신화네 학교의 회식에 참석한 적이 있어요. 학교 인근의 갈빗집이었는데 3학년 담임들과 3학년 학부모회 회원들이 만나는 자리였어요. 저희는 그저 우리 선생님들만 믿습니다. 학부모회 회장의 인사말에 이어 학년부장이 건배 제의를 했어요. 우리 아이들이 원하는 대학에 백 퍼센트 진학을 위하여! 나도 덩달아 '위하여!'를 외치며 신화의 담임인 홍문기 선생의 잔에 내 잔을 부딪쳤어요. 어색한 만남의 뒤끝은 늘 불편한 법이지요. 서투른 몇 마디의 대화를 나누는 둥 마는 둥 회식은 끝이 났고, 선생님들은 일제히 밖으로 몰려나갔어요. 회장 엄마가 특별회비를 거출한 뒤 선생님들을 따라서 나갔고 나머지는 다시 제자리에 앉았어요. 드디어 담임들의 품평회가 시작된 거지요.

"우리 담임은 왜 저렇게 늙었대? 나는 그게 걸리네. 젊고 팔팔한 남자 선생님이 담임이 되어야 애들을 힘 있게 다룰 수 있을 거 아냐? 하필 우리 담임만 늙다리야."

"무슨 소리? 홍문기 선생에 비하면 아직 팔팔한 편이잖아요."

"어? 진짜 그러네? 그 반한테는, 미안."

"모르시는 말씀. 담임이 젊은 사람이면 얼마나 피곤한 줄 정말 모르시네들. 젊은 선생들은 집에 가면 자기 자식들이 아직 어린앤데 그 아이들을 돌봐야 하니 학교에다 무슨 신경을 쓸 수 있겠어? 더구나 요즘은 맞벌이 교사가 많다잖아요. 빨리 퇴근해서 자기 자식 챙기러 가야지. 또 젊은 사람들이 그러잖아. 가사 분담을 해야 한다고 청소도 설거지도 함께 한다면서. 그러면 얼마나 피곤하겠어요. 학교에 오면 맨날 책상에 엎어져 잠만 잔다는데."

"생각해보니, 또 그러네요."

"차라리, 나이 많은 선생들은 달라요. 자식 다 키워서 대학 보내버리고 집에 일찍 들어가 봐야 와이프하고 할 일도 별로 없고, 그러니 날마다 학교에 남아 자율학습 감독도 할 수 있고 말이에요. 자식들 키워서 대학에 보내본 경험만 갖고도 그게 얼마나 큰 자산이야."

"아이, 그래도 젊은 선생들에 비하면 실력은 딸릴 거 아냐?"

"실력은 무슨. 언제 학교 쳐다보면서 공부 시켰수? 공부야 학원으로 과외로 다 지 알아서 해온 거지, 안 그래요?"

"맞아요. 고3 담임은 우리 아이들에게 더 집중할 수 있고 상대적으로 가정에 더 자유로울 수 있는 중년 이상의 남자 선생, 이게 딱이겠네?"

"거기에다가 깐깐 모드로 아이들을 쪼아댈 수 있으면 그게 짱인 거지, 뭐."

"에이, 말도 안 돼. 아무리 그래도 젊은 선생들을 어떻게 당해내겠어요? 늙다리 선생한테 안 걸려 보셨나? 발음도 제대로 안 떨어진다던데?"

"다 관둬요. 그런 게 뭐 그리 중요하다고? 애만 잘하면 됐지, 학교가 뭐고 담임이 무슨 상관이야?"

그녀들은 모처럼 의기투합을 했다는 듯 입도 가리지 않고 크게 웃었어요.

사우나를 나오면서 조급해졌어요. 마트에 들러 신화의 학습 능률을 높여주는 데 좋다는 음식 재료를 사야 하거든요. 기억력을 높여주는 레신틴 성분이 함유되어 있다고 해서 반드시 검은 콩을 넣어 밥을 지어야 했고 뇌의 신경을 자극하는 아드레날린이나 도파민의 재료가 된다는 치즈와 요구르트도 냉장고에 채워놓아야 해요. 사과와 아몬드, 호두 종류는 붕소 성분이 있다고 해서 역시 빠뜨릴 수가 없죠. 띠옹, 시험지만 보면 머리가 띵해. 방금 외운 것도 돌아서기만 하면 가물가물한데, 엄마, 내가 돌대가린가? 머리를 긁적이는 신화를 대했을 때 나는 그만 졸도할 뻔했어요. 애고, 무슨 소리야? 우리 신화가 그러면 안 되지. 어지럼증에는 국화차가 좋다는데 그걸 끓여서 물병에 담아줘야지. 그러고 보니 가끔 귀 울림 증세도 있다던데 산수유차도 곁들여야 할까. 신화의 기분이 업되면 정신 에너지도 업될 것이고 그래야만 가정의 평안이 찾아올 테니까요.

그것도 모르고 신화 아빠는 저녁에 회사 동료를 집으로 데려오겠다고 하니 정신이 나간 사람이 아닌가 한동안 내 귀를 의심할 수밖에요. 수능이 얼마나 남았다고. 하여간 남자들은 개념을 어디에 던져놓고 사는 족속들인지 알 수 없어요. 이사를 한 후에 집들이를 아직도 안 한 사람이 어디 있느냐며 남편 동료들이 우리 집을 찾아오겠다고 벼르고 있었다니, 도대체 가당키나 한 일인가요. 남편은 애원하듯이 말했지만 칼로 무 자르듯 일거에 거절해 버리기를 얼마나 잘했는지 몰라요. 고3 수험생이 있는 집으로 찾아오다니, 지금이 어느 시기인데 그런 망동을 획책한다는 건가요. 집안 정리는 언제 할 것이며 손님맞이할 채비는 또 어떻게 할 것인지. 음식은 중국요리 집에서 시켜서 먹는다지만 그 매혹적인 빛깔과 냄새를 어떻게 감당하면서 나의 에스 라인을 되찾겠어요? 나는 사람들이 싫어졌어요. 수능을 앞둔 신화와 다이어트에 목숨을 걸고 내기를 하고 있는 나를 그냥 내버려두지 않는 몰상식한 사람들.

이상하네요. 탈의실에서 확인해 본 휴대폰의 부재 중 통화 내역에 홍문기라는 이름이 여러 차례 찍혀 있었어요. 신화 담임이 웬일로? 혹시 신화에게서 문자가 온 게 있나 검색해 봤어요.

침대는 지척, 독서실은 삼만 리.

사흘 전에 신화가 보낸 문자 내용만 남아 있을 뿐 새로 온 것은 없네요. 그런데 이상한 일이지요. 전화를 걸려고 하는데 몸이 한없이 가라앉아 버려요. 기운이란 기운은 몸에서 다 빠져나가 버렸나요. 숨이 차서 일어설 수가 없어요. 점심을 굶어서일까요. 그렇다면 오늘은 나머지를 생략하고 신화 담임에게 전화부터 걸어야겠네요. 새도복싱을 해서 팔뚝에서 살을 떼어내야 하고, 오늘 하루의 다이어트 스케줄을 반성하고 정리할 다이어트 일기를 써야 하는데, 자꾸만 몸이 무겁고 정신은 혼미해져서 이렇게 일어설 수조차 없으니 이를 어떡하지요? 내 인생의 봄날이 저만치서 다시 돌아오고 있는데 말이에요.

길은 걷는 쪽으로 나 있다

9월 5일 저녁, 임상수

해질 무렵 카타콤 클럽은 어두웠다. 전원을 켰을 때 내 눈에 들어온 것은 먼지 쌓인 카펫과 아무렇게나 늘어선 앰프들이었다. 카펫이라고 해봐야 인근 고물상에 버려진 폐기물을 재활용하겠다고 애원해서 가져온 것이었지만 맨바닥보다는 나았다. 변두리의 적막한 들녘에 지어진 카타콤 클럽은 내가 다니는 독서실에서 걸어서 오 분 거리에 있었다. 말이 연주 클럽이지 사실은 방치된 창고나 마찬가지였다. 도시 계획에 의해철거될 건물이라지만 올 겨울까지는 버틸 수 있다고 했다.

"학교? 닥쳐라. 정말 짜증 나. 이젠 뭐 완전 쫑쳤다고 봐야지. 안 그래?"

나는 의자 위에 가방을 내려놓고 교복을 벗어 던졌다. 신화도 말없이 의자에 앉았다. 신화를 만나긴 했어도 아직도 콩닥거리는 가슴이 진정되지 않았다.

창고로 접어드는 입구에서 신화를 기다리는 동안 두 대의 담배를 피웠다. 담배 연기를 깊게 빨아들이며 하늘을 올려다보았다. 허공으로 날아가는 담배 연기를 바라보고 있었는데 흩어진 연기 사이로 신화의 얼굴이 보였다.

"미친 또라이 새끼. 학교는 왜 안 가고 지랄이야?"

나는 신화를 보자마자 욕부터 내뱉었다. 신화는 말이 없는 대신 발끝으로 내 신발을 툭 찼다. 류신화, 너 그런 애였어? 카타콤 클럽으로 들어가는 신화의 뒤통수에 대고 캐묻고 싶었지만 그의 얼굴에 드리워진 그늘이 나를 움찔 움츠러들게 했다.

신화의 가방에서 소주 두 병과 오징어포가 나왔다. 그것들을 주섬주섬 빼내는 신화의 손끝이 가늘게 떨렸다. 왜 학교에 가지 않았니? 나는 더 묻지 않기로 했다. 굳이 그 이유들을 세세하게 늘어놓아야만 알 수 있는 것은 아니었다. 오늘 밤에 소주를 함께 나눠 마시고 두 사람이 정신을 한꺼번에 놓치더라도 그 이유까지 나눠 가질 필요는 없었다. 나는 마개를 딴 뒤 병 채로 들고 입 속으로 소주를 들이부었다.

"좆도, 학교가 뭔데? 허허벌판에서 만난 승냥이마냥 내 모가지를 꽉 물어뜯고 놔주질 않아. 그런 악마의 소굴을 날이면 날마다 하루도 안 빼먹고 다녔단 말이야."

내가 생각하기에도 내 말은 빠르고 거칠었다. 하지만 신화의 대답은 더디고 조용했다.

"대학은 안 갈래?"

"쪼다 새끼. 넌 그게 문제야. 대학에다 전부를 걸고 사는 거. 꼭 학교에 다녀야만 대학 가냐?"

"그동안 학교 다녔던 것이 아깝지도 않아?"

"누가 할 소리?"

"오버하지 마. 그래도 대학은 가야 하잖아."

"검정고시 보면 돼. 막말로, 대학 안 가면 인생도 좆친다던?"

"임상수, 너 잘났다."

신화가 나를 빤히 바라보았다. 웃음기가 사라진 그의 얼굴이 낯설었다.

"너 설마, 나를 대학이나 가기 위해서 목매는 부류로 생각하진 않았겠지. 처음부터 난 대학 같은 건, 가지 않을 수도 있는 사람이었거든. 정말이야. 대학에 가지 않아도 기타 치는 데 어려움이 있을 리 없잖아. 장차 안정된 생활을 꾸리기 위해서 학교에 다녀야 한다는 논리는 CMC 같은 구닥다리 세대에게나 통하는 얘기 아냐? 학교라는 울타리 안에서 영웅 취급받는 범생이들이나, 그 새끼들을 길들이는 좀팽이 선생들이나 하는 얘기 아니겠어?"

희미하게 웃는 내 앞에서 신화는 고개를 처박고 있었다. 오징어포를 뜯고 있는 신화의 손은 작고 가늘었다. 그의 몸이 움직일 때마다 해진 목조 의자에서 삐걱거리는 소리가 났다. 그만큼 사위는 고요했다. 신화가 말했다.

"웃을지 모르겠지만 나는 문제아가 아니야. 초딩 때부터 보습학원으로 단과학원으로 개인과외로 안 다녀본 학원이 없고 안 해본 공부가 없을 거야. 시험 잘 보는 것만은 자신이 있었단 말이야."

"그러게. 왜 학교는 안 가고 지랄이냐고? 너 같은 놈이 학교엘 안 가면 누가 학교를 다니겠냐? 너, 아침에 엄마랑 싸웠지?"

"울 엄만…… 세상에 둘도 없이 좋은 분이셔. 엄마 얘기 하지 마라. 엄마 생각하면 힘들어진다."

"그러는 새끼가 왜 학교는 안 갔는데? 엄마 생각을 말든지."

"말했잖아. 그냥, 가기 싫었다고. 살다보면 그럴 때가 있는 거야. 학교라는 게 그렇잖냐? 날마다 하루도 빼먹지 않고 지겹게 다니고 있는 거지만, 한 번쯤 가기 싫을 때도 있는 거란 말이야. 거기에 또 무슨 이유가 필요하냐?"

"미친 새끼……."

"미친 건, 나보다 너다."

"웃기고 자빠졌네. 이유도 없이 학교에 가지 않았다는 걸 믿으라고? 넌 지금 무언가 틀어진 거야. 그게 무언지는 모르겠지만, 미친 짓 그만 해라."

"제대로 미친 건 너야. 선생을 때렸잖아?"

신화가 소주병을 들어 내 앞으로 내밀었다. 나도 신화처럼 병을 들어 서로 맞부딪쳤다. 오징어포를 씹는 신화의 턱이 어른처럼 각이 진 채 씰룩거렸다.

"우리 담임, CMC 말이야. 머리카락 자르려고 달려들 때는 정말 미쳐 버릴 것 같더라. 내가 뭐 락커처럼 장발을 하겠다는 것도 아니잖아. 아침마다 뭘 잘못 쳐잡수셨길래 내 머리만 보면 시비를 거느냐 말이야."

학교가 그랬다. 노래 가사에서 나오는 소원처럼 여름 교복이 반바지일 리는 없었다. 여자 애들한테는 치마를 입혀놓고 요조숙녀 되는 게 세상 사는 최선의 길인 양 가르치려 들었고 남학생들에게도 반드시 교복을 입혔다. 어느 법전에 나와 있는 것도 아닐 텐데, 구두를 신으면 훨씬 말끔해 보일 법도 한데 기어이 운동화를 신어야 했다. 그것을 단정함이라고 가르쳤다. 혹시 자랄지도 모를 개성의 싹이 두려워 그 기미부터 스포이트로 뽑아버리려는 심산일 수도 있었다. 이렇게 해라, 저렇게 해라, 온갖 규제나 윤리적인 폼은 다 잡아놓고 자기네들은 얼마나 웃기는 짓만 골라서 하는지. 학교는 그런 곳이었다.

"조금만 참지 그랬어? 그렇다고 학교를 뛰쳐나오냐?"

"창피해서 말하기도 싫다."

"자업자득이지."

"말장난하지 마. 나도 내년이면 스무 살이거든."

"어쨌든 지금은 고삐리잖아."

"학년 초에 울 아빠하고 CMC하고 만나서 룸살롱 간 것도 나는 다 알아. 딸 같은 여자애들 끼고 술 마신 것까지는 내가 이해해 줄 수 있어. 하지만 허세는 안 부려야지. 못된 짓은 자기들이 다 하면서 우리한테는 그러지 마라고 훈계하면 말이 나 돼? 죽은 듯이 고개만 끄덕이며 살라고 강요하는데, 그런 훈화 정도는 책에도 다 나와. 굳이 학교에서 배우지 않아도 세상에 다 널려 있는 거니까. 차라리 툭 까놓고 위선을 가르치려고 든다면 그게 오히려 솔직하고 교육적일지 몰라."

"그래, 임상수, 너 잘났다."

"사실은 CMC도 불쌍해. 막돼먹은 꼴통 새끼들한테는 맥한번 못 춰보고 당하기만 하니까. 그러면서도 갖은 가식을 떠는 꼬라지 하고는……. 말끝마다 성인군자 행세를 하고 다니니 입에서 뱀이 다 나올 것 같더라."

신화의 휴대폰에서 진동이 울렸다. 그는 전화를 받지 않았다. 일정한 간격을 두고 휴대폰의 진동은 멈추지 않았다.

"누군데? 받아봐라."

"엄마야. 안 받아."

신화는 여전히 고개를 들지 못했다.

"받아, 새꺄."

"그만 해. 울 엄마, 울고불고 난리 났을 거야. 다이어트도 포기했을 거고."

"벼엉신, 엄마 걱정 하는 새끼가 학교에 안 가고 여기에 자빠져 있냐? 빨리 가방 메고 집에나 들어가서."

"그만 해라, 임상수."

신화가 휴대폰의 전원을 꺼버렸다. 잠시 침묵이 흘렀고 신화는 다시 소주병을 들어 남아 있는 소주를 마셨다. 그가 말 머리를 돌렸다.

"하필이면 안대균이를 때리냐? 생각해 볼 것도 없어. 넌 또라이가 분명해."

신화의 양미간이 빠르게 좁혀졌다.

"때리긴, 새꺄. 내가 맞은 것에 비하면 아무것도 아니야. 근데, 씨발, 왜 나만 죄인 취급 하냔 말이야? 기가 막혀서, 정말."

소주병을 쳐들었으나 그새 다 마시고 없었다. 나는 소주병 안을 들여다보았다.

"그렇게 당당한 새끼가 도망은 왜 치냐? 비겁하게……."

"선생이 학생을 때리는 것은 교육이고 학생이 선생에게 맞다가 항의하는 것은 폭행이고 범죄가 되는 거냐? 그런 법이 어디 있어? 폭행이라는 용어는 이럴 때 쓰라고 만들어 놓은 게 아니잖아. 폭행은 무슨 폭행? 밑도 끝도 없이 달려와 막무가내로 뺨부터 때리고 개처럼 끌고 다니면서 마구 짓밟는데……. 반항도 못하냐? 맞고 죽으라고? 선생한테 가만히 맞고만 있어야 그게 교육이고 예절이야?"

마지막 남은 소주를 한 방울까지 다 비웠다. 숨이 차고 가슴이 답답했다. 나는 의자에서 일어났다. 소음 방지용으로 계란 판을 붙여놓은 창고 벽면이 어지럽게 흔들렸다. 알록달록한 빛깔의 스티로폼들이 벽에서 떨어져 나올 것만 같았다.

"그게 변명이 되냐? 선생을 두들겨 팬 패륜아라며?"

"미친 새끼. 그 얘기를 진짜로 다 믿냐?"

"믿어지지 않으니까, 지금 너에게 묻고 있는 거 아니냐?"

"씨발, 내 입으로 그걸 다 말해야 하냐? 지금? 열 받아 죽겠고만."

점심시간에 급식소 후정이었다. 들리는 풍문에 의하면 1학년 후배 놈 하나가 건반을 잘 다룬다는데 금상첨화로 보컬마저 된다고 했다. 그 녀석을 우리 밴드로 끌어들이자고 말한 놈은 석구였다. 석구 녀석을 앞세워 1학년 교실을 들락거리며 공을 들였고 마침내 지난 토요일 밤에 오디션 날짜까지 잡아놓고 기다렸다. 하지만 약속된 시간과 장소에 그 후배 녀석은 나타나지 않았다. 오히려 우리 밴드를 이곳저곳에서 씹고 다닌다는 시답잖은 소리만이 들려올 뿐이었다. 참는 데는 한계가 있었다.

안대균 선생이 학생부장에게 전하기로는 내가 후배를 쥐잡듯이 다루었다는데 그건 악의에 찬 호도일 뿐이다. 이것은 선배니 후배니 하는 위계질서의 문제가 아니었다. 오로지 사람과 사람과의 관계, 그런 문제였다. 사람이 사람에게 약속을 정해놓고 지키지 못했으니 그 와중에 겪게 된 정신적 시간적 피해에 대해서 불러놓고 따질 수 있는 거라고 생각했다. 그 녀석을 불러 벽에다 밀어붙인 채 막 얘기를 하려는 참인데 녀석이 대뜸 눈초리를 치켜세웠다. 처음에는 밴드에 들어가려고 맘먹긴 했지요. 형들이 대단한 줄 알았어요. 근데 실력이 후진 팀이라는 소문이 들리더라고요. 별로 배울 게 없을 것 같아서 들어갈 맘이 싹 사라졌는데 어쩌지요? 후배들 영입하려거든 기본부터 갖춰져 있어야 하는 것 아닌가요? 빙긋이 웃는 그 새끼의 상판대기를 보자 나도 모르게 열이 받았다. 그래도 그때까지는 꿋꿋하게 참을 수 있었다.

"정말이다. 나는 그 사이코 새끼한테 손 하나 까딱하지 않았어. 정말이라고. 차렷 자세로 세워놓고 말을 한다는 것이 그만 언성이 높아졌는지 모르지만. 생각해 봐. 그 사이코 새끼 말하는 뽐새가 열 받게 됐잖아. 그런데 하필 그 순간 안대균이가 오더니 그러는 거야. 어? 요 새끼 봐라. 니가 뭔데 후배 군기를 잡어? 여기가 군대야? 다짜고짜 욕부터 하면서 뒤통수를 탁 치는데 정말 열 받더라고. 후배한테 조롱당하고 밑도 끝도 없이 선생한테까지 뒤통수를 맞는 바람에 꼭지가 확 돌았지. 그래서 열 받은 표정 그대로 안대균이를 꼬나봤는데 눈알에 힘이 좀 들어갔나 봐. 그럴 수도 있는 것 아니냐? 사람이 열 받는데……."

"안대균이 성깔에 조용히 넘어갔을 리는 없고, 안 봐도 비디오다."

"이런 싸가지 없는 새끼를 봤나, 꼬나보는 눈깔이 사람 잡겠네, 하면서 내 뺨을 벼락처럼 때리잖아. 우와, 내가 뭘 잘못했다고? 그 순간에 하늘이 노래지고 눈물이 핑 도는데, 1학년 그 사이코 새끼가 쌤통이라는 표정으로 피식거리잖아. 뺨이 얼얼해질 정도로 아픈 것은 둘째치더라도 시추에이션 자체가 엿 같잖아. 억울해서 돌아버릴 지경인데 내가 포근한 눈으로 쳐다볼 리가 있겠냐? 눈 안 깔아? 이 새끼가. 안대균이 입에서 욕들은 튀어나오지, 주먹뺨은 안면으로 날아오지, 어떻게 맞고만 있어. 그래서 날 때리는 손목을 냅다 틀어잡았지. 왜 때려요? 때리지 마세요. 나도 모르게 큰소리가 튀어나왔겠지. 어쩔 수 없잖아. 물론 손아귀에 힘도 좀 들어갔을 거고. 그렇다고 계속 얻어맞을 수는 없는 거 아니냐? 야, 이 새끼, 이거 안 놔. 손목을 빼내려고 안대균이 길길이 날뛰다가 이제는 발길질을 해대는데, 미치겠더만. 그대로 벽에다 밀어붙여놓고 냅다 안대균이 가슴에다 대가리를 처박아 버리니까, 완전 맛이 가더라고. 그리고는 똑같이 되갚았지. 아이, 씨팔, 때리지 말란 말이에요. 여기가 군대예요?"

"와아, 임상수, 잘났네."

"당연히 내가 손목을 놓아줄 리 없지. 그랬더니 계속 발끝으로 조인트를 까지를 않나, 상체를 밀어붙이며 몸싸움을 하는데 갑자기 자기 이마로 내 얼굴을 받아버리대. 참내, 그런다고 죽빵을 날릴 수는 없고. 순식간에 코끝과 앞니에 퍽 하고 충격이 오는데 더는 못 견디고 주저앉았지. 그러다가 이번에는 머리채를 휘어잡는 거야. 학교에서 영원히 격리되어야 할 놈이라고 방방 뛰며 학생부로 질질 끌고 가는데, 우와, 이거, 맞짱을 뜰 수도 없고, 정말 미치지 않고서는 견딜 수 없는 상황……, 넌 알겠냐?"

학생지도실에서 학생부장에게 복부를 두 차례 얻어맞고 가슴을 움켜쥔 채 무릎을 꿇고 있었다. 학생부장과 안대균 선생의 폭언이 굉음이 되어 머리 위로 쏟아졌다. 학생부장이 담임에게 전화를 걸었을 때 나는 이를 악물었다. 그리고 담임이

온다는 소리에 용수철처럼 튕겨 일어났다. 그렇게 더는 있을
수 없었다. 두 사람이 우격다짐으로 붙잡는 걸 뿌리치며 소리
쳤다. 씨발 좆같네. 학교 안 다니면 될 거 아냐? 폭력 교사들
신고해 버리고 어데 가서 콱 뒈져버릴 테니 그리들 알아요.
나는 학생지도실 문짝을 부서져라 닫아버렸다. 그리고 그 후
로 벌어진 일에 대해서는 더 말하기도 싫었다. 신화는 안 봐
도 훤히 알겠다는데 더 말할 필요도 없었다.

"얼굴은 괜찮냐?"

"괜찮긴, 아직까지도 얼얼해."

나는 다시금 코끝을 손으로 매만졌다. 앞니도 잡고 흔들어
보았다. 악악, 입을 가로로 크게 벌려 보다가 이빨을 탁탁 맞
춰 보았다.

"그놈의 학교, 이제는 다니지 말자."

신화가 침을 뱉듯 말했다.

"왜 사람을 때리느냔 말이야. 학교 폭력 추방이니 뭐니, 말
로는 지들이 다 하면서 왜 아직도 사람을 때리느냐 이거야.
신체에 대한 말살이 교육이야? 때리기 좋아하는 선생들은 자
기가 무슨 범죄행위를 하고 사는지, 알지도 못해. 그게 문제
야."

"학생인권법, 뭐 그런 건 안 만들어지냐?"

"차라리 잘됐어. 여기 카타콤 클럽이 훨씬 좋아. 오늘로 학

교는 쫑치고 이제 내 길을 가는 거야. 누가 말려?"

"니네 아빠가 널 가만히 둘까? 또 야구방망이 들고 쫓아오면 어떡할래?"

"뭐? 울 아빠가?"

나는 눈을 크게 떴다. 창고의 천장이 낮게 내려앉았더니 위아래로 출렁였다. 나는 눈을 거세게 비볐다. 아빠는 그래도 나에게서 힘이 되어주는 사람이었다. 기타를 둘러메고 밖으로 나갈라치면 어디에서 연습하느냐고 물었다. 카타콤 클럽이라는 근사한 이름을 대긴 했지만 아빠가 여기를 알 턱이 없다. 그러나 오늘의 사건을 알게 되면 아빠는 분명히 나를 두들겨 패기 위해서 또다시 야구방망이를 들고 이곳으로 달려올지도 모른다.

커서 뭐가 되고 싶냐? 초등학교 고학년 즈음으로 기억되는 어느 날, 아빠가 물었다. 만화가요. 나는 별로 주저하는 기색도 없이 곧바로 대답했다. 한참 동안 물끄러미 아들을 바라보던 아빠는 시선을 거두더니 엄마에게 말했다. 당신, 들었지? 만화가래, 당신 닮아 이러는 거야. 엄마는 금세 붉어진 얼굴로 나를 노려봤다. 철부지 동네 아이들에게 물감이나 짜주고 사는 엄마 모습이 그렇게도 좋아 보이니? 엄마는 긴 한숨을 내뱉었다. 미술대학 출신이었던 엄마는 현재 자신의 모습이

꿈 많은 화가 지망생이었을 때와는 한참 거리가 멀다는 것을 담담하게 말했다. 그 말들의 의미를 내가 이해하기나 했을까. 어린 나이의 내가 알아듣거나 말거나 엄마는 방문 미술 과외를 하며 코흘리개 아이들의 뒤치다꺼리나 하고 사는 현실을 자꾸만 나에게 설명하려 했다.

지나간 일이지만 또 하나의 잊을 수 없는 기억이 있다. 중학교 졸업을 앞둔 겨울날이었다. 기타를 갖는 게 소원이었으므로 몇 달간의 용돈을 아끼며 애를 쓴 끝에 싸구려 통기타 하나를 사들고 들어온 그날 밤이었다. 기타를 사이에 두고 엄마는 아빠에게 옛날과 똑같은 말을 되풀이했다. 애 좀 봐. 지 아빠 닮아 이러는 거야. 그 피가 어디로 가겠어? 엄마의 말에 아빠는 길게 한숨을 내쉬었다. 니 아빠, 대학 다닐 때 그룹사운든가 뭔가를 했다는 것쯤은 알고 있겠지? 취미로 가끔 치는 기타야 물려받은 피가 그러니 어쩔 수 없다 쳐도 아빠처럼 본격적으로 딴따라 하겠다고 나서면 안 돼. 너 죽고 나 죽는 거야. 알아들어? 엄마의 말이 이어지는 동안 아빠는 싸구려 기타를 묵묵히 내려다보았다.

고등학교에 올라와서 한 학기가 끝날 무렵 집으로 성적표가 날아든 날은 지금도 잊을 수가 없다. 엄마의 손에 박살이 난 기타를 앞에 두고 하염없이 복받쳐오는 억울함에 목울음을 삼키고 있는 내 앞에 아빠가 앉았다. 끊어져 튕겨 나간 기타 줄을 한동안 만져보고 있던 아빠가 천천히 입을 열었다. 기타는 나중에 대학 가서 치면 안 되겠니? 나는 원망스러운 눈으로 아빠를 올려다보았다. 난 가끔 이런 생각을 해본다. 만일 너만 한 나이였을 때 내가 기타를 치지 않았다면 지금 이렇게 살고 있지 않았을 거란 생각 말이다. 공부를 좀이라도 더 진지하게 했었더라면, 직업에 대한 목표를 설정하고 최소한 자격증이라도 하나 야무지게 땄었더라면 지금 내가 이런 알량한 회사 같은 델 다니겠냐? 그랬다면 실직 걱정 같은 것은 하지도 않고 훨씬 편하게 살았을 거야. 세상살이에 답이 하나뿐일 거라고만 믿었던 게 잘못이지. 평소의 아빠 말씀과는 조금 다른 구석이 있었다고는 해도 그런 게 내 귀에 온전히 들어올 리 없었다. 여전히 내 귓바퀴에는 일렉 기타소리가 징징거렸고 베이스기타 음만이 둥닥둥닥 울리고 있었다. 나는 악을 쓰고 싶었다. 성적이 뭐 그렇게 중요한 거라고 내가 하고 싶은 걸 하면 안 되는 건가요? 부서진 기타가 눈시울을 적시게만 할 뿐, 입 밖으로는 한마디의 말도 나오지 않았다. 왜들 이러세요. 기타 치지 말고 공부해, 라고 차라리 딱 까놓고 말씀하시지 이게 무슨 수작들이냐고요. 어쩌면 좋아요. 지금 나는 기타를 치고 싶단 말이에요. 다음 날 아빠는 두 권의 책을 사와서 나에게 건넸다. 이름조차 기억나지 않는 수능 만점 학생의 수기와 《아들과 함께 떠난 자전거여행》이라는 책이었다.

 "내가 미치지 않고 배길 수 있겠니? 엄마 아빠들의 세계는
우리와 다른 거야. 우리가 거기에 맞춰 살 수 있다면 다행이
겠지만, 조금 다른 길로 가더라도 어쩔 수 없는 거 아니냐?"
 나는 소리를 지르고 싶었다. 앰프에 잭을 꽂고 미친 듯이
연주를 하며 혈관이 터지도록 노래를 부르고 싶었다. 하지만
오늘 밤에는 밴드의 멤버인 종하와 석구가 이곳에 오지 않는
다. 어제는 모의고사를 치르고 자율학습이 없었기 때문에 연
습을 할 수 있었지만 오늘은 달랐다. 임박해 있는 공연도 중
요하지만 수능도 대비해야 한답시고 온갖 똥폼을 잡고 교실
에 눌러앉아 있을 시간이었다. 수능이 얼마나 남았다고. 딱
수능 때까지만 해볼래. 당분간 드럼 스틱을 던져버리고 공부
를 해야겠다고 선언한 석구가 정작 감행한 것은 수능 과목을
바꾼 일이었다. 수리 가형은 도저히 못하겠어. 난 운명적으로
수리 나형이 맞아. 변명하듯 얼버무리는 석구에게 종하가 말
했다. 니놈 실력에, 수리 가형이나 나형이나 거기서 거기지,
그런다고 나무 양판이 쇠 양판 되냐? 그랬지만 사정이 또 바
뀌었다. 일요일 오후에 청소년수련관 록페스티벌에 참가하
기로 결정하면서 결심은 흐려지고 말았다.
 지금 내 곁에 그들은 없다. 학교를 결석하고 느닷없이 찾아

온 신화가 있을 뿐이다. 빈 병을 치우던 신화가 당장의 행선지를 물었다.

"오늘 밤에, 넌 어디로 갈래?"

"갈 데가 없겠냐? 난 집에 그냥 들어갈 수 있어. 오늘 학교에서 있었던 일, 아빠한테 말하면 아빠도 가만히 있지 않을걸. 여기, 이빨 흔들리는 것 봐. 내가 입원이라도 해버리고 안대균이를 물고 늘어지면 안대균이 인생도 복잡해지는 거야."

"임상수, 너, 저질이냐?"

"왜? 그러면 저질인 거야?"

"안대균이 인생은 복잡해지고, 니 인생은 활짝 펴진다던? 그러니 니가 저질인 거지. 아니면 바보든지. 어차피 둘 중 하나야."

"말장난하지 말고, 그러는 넌 어디로 갈 건데? 정말, 가출이라도 하겠다는 거냐?"

신화의 눈빛이 잠시 흔들리더니 시선을 돌리고 말았다.

"아직은 모르겠어. 확실한 건 오늘 밤에는 집에 안 들어가. 학교도 안 갔는데, 집에는 어떻게 가냐? 이미 버린 몸, 이젠 빼도 박도 못해."

"이 새끼, 완존 또라이가 다 됐네. 도대체 왜 그러는데?"

"이사 간 뒤로 집이 멀어졌잖냐? 아조 죽을 맛이다. 허구한 날 지각이나 하지, 여름에 좀 더웠냐? 밤새 열대야에 신음하다가 학교에 포로처럼 끌려가 보면, 애고, 이놈의 학교는 날마다 오리걸음부터 가르쳐요. 이젠 단련되다 보니 종아리에 알통이 다 잡힌다. 학교도 싫고 집도 다 싫은데, 사실, 집에 갈 맘은 학교에 갈 맘보다 더 없다."

"그래서 학교에 안 간 거야?"

"이젠 그만 따져라. 그냥 그렇게 한번 해보고 싶었다는데, 그 이상 무슨 이유가 더 필요하냐? 진짜 이유는 창피해서 말도 못하겠다."

"그래, 어디로 갈 건데? 정 갈 데가 없으면 여기서 자도 돼."

가을이 되면서 약간 쌀쌀해지긴 했지만 어떻게든 밤을 보낼 수는 있었다. 하지만 내일이 문제였다.

"내일부턴 뭐 할래? 돈은 있냐?"

당장 오늘 밤의 거처도 해결하지 못하는 주제에 내일을 걱정하다니. 내가 생각하기에도 한심스러웠다.

"알바 자리를 알아보러 다닐까? 어디 가서 서빙을 하면 먹고 재워주기는 할 거 아냐? 아님 삐끼라도 하든지."

신화는 그렇게 말한 자신이 어색했는지 피식 웃고 말았다.

"삐끼 좋아하고 자빠지시네. 그런 걸 할 만한 비위도 못 갖춘 놈이……."

나는 그의 얼굴 앞으로 주먹을 내밀었다. 그리고 잠시 침묵이 흘렀다. 사위는 고요했고 걱정은 깊어졌다. 짧은 시간 동안 상상할 수 있는 온갖 가정들이 머릿속을 설치고 다녔다. 어두운 밤거리를 배회하는 우리의 모습은 허접하기만 했다. 서빙에, 삐끼라니. 흔들리는 네온사인 불빛 아래에서 취객의 팔소매를 잡아끄는 모습을 떠올리다가 눈을 감고 말았다.

"나 말이야. 팬시…… 누나한테 가, 갈지도 몰라."

머뭇거리던 신화가 갑자기 더듬거렸다.

"이런 미친 새끼. 그건 수능 끝나면 해보고 싶은 거라며? 수능을 코앞에 두고 대가리에 총 맞았냐?"

의자에서 다시 일어났다. 신화도 따라 일어서며 내 어깨에 손을 얹었다.

"진정해라. 갈지도 모른다고 했지, 내가 당장 거길 간다고 했냐? 넌 어째서 팬시 누나 말만 나오면 흥분을 하고 난리냐?"

"말이 웃기잖아. 그러려고 학교에 안 간 거야?"

"사실은…… 오늘 아침에도 거기부터 갔었어."

"뭐? 이런 순 음흉한 새끼."

"팬시 누나는 날 재워줄지도 몰라. 밥도 해서 먹여줄 거야."

나는 말문을 닫고 신화를 쳐다보았다. 잠시 후 그가 빙긋 웃으며 소주를 더 사오겠다고 말했을 때 나는 다시 의자에 주저앉았다.

"오늘 밤에 우리 둘이서 술 마시고 여기서 칵 죽어버리자."

신화가 문을 나서며 말했다. 창고의 바깥은 이미 어두워져 있었다. 창고에 혼자 남겨진 뒤 문득 기타를 치고 싶어졌다. 나는 기타 케이스를 열고 조심스럽게 기타를 꺼내 들었다.

우리는 죽어 장작불로 사라지더라도

9월 6일 새벽, 칠판

처음부터 나는 이 자리에 있었어. 교실이라는 이름이 붙여진 공간이라면 그 전면 벽에 반드시 나와 같은 존재가 걸려 있기 마련이지.

물론 당초부터 칠판은 아니었어. 어깨를 맞대어 이어붙인 널빤지에다 진초록의 도료를 바른 후부터 칠판이 된 것이니 엄밀히 따지자면 나무판자라 해야 더 옳을지 몰라. 나는 이 학교가 개교하면서 양지바른 동편 교실의 앞면 벽에 올려붙여진 이후로 줄곧 칠판이라고 불려왔던 게 사실이야. 어떤 자들은 흑판이라고도 한다지만 글쎄 그걸 수긍할 수나 있겠니? 나의 이모저모를 훑어봐도 검은 구석이라곤 없으니 말이야.

창밖은 아직 어둡단다. 희뿌연 어둑새벽의 미명이 저만치 보이긴 한데 좀체 가까이 다가오지 않는구나. 날이 밝아오면 일찍 등교하는 부지런한 아이들부터 자리를 채울 텐데, 밤새 적적했던 외로움을 털어버리고 묵묵히 너희들을 지켜보며 내 본연의 임무에 충실할 수 있겠지.

아이들아. 나도 나이를 먹나봐. 요즘 들어서는 도무지 깊은 잠을 들 수가 없으니 큰일이다. 설핏 잠이 들었다가도 오늘처럼 이른 새벽에 느닷없이 깨어나 텅 빈 교실을 우두커니 바라보며 난데없는 청승을 떠는 날도 있단다. 교실 안의 모든 비품들은 정물이 되어 죽어 있고 오직 벽시계 바늘만이 깨어나 활개를 치는 시각에, 낮 시간 동안 교실에서 벌어졌던 일들이 자꾸만 떠오르는 거야. 먼지를 나풀거리며 이리저리 뛰어다니던 녀석들이 떠오르면 슬며시 미소를 머금기도 하지만 모의고사가 끝난 날 다들 돌아간 빈 교실에서 책상에 얼굴을 파묻은 채 울고 있던 녀석을 생각하면 나도 모르게 우울해지기도 해. 그 녀석은 아이들 중에 키가 제일 컸음에도 눈물은 가장 많은 애 아니니?

그런데 아이들아. 오늘 새벽만은 유별나다. 언제나처럼 너희가 생각나는 게 아니라 선생님 한 사람이 떠올라 나의 마음을 심란하게 얼크러뜨려 놓는구나. 홍문기 선생, 그래, 너희 담임일 뿐만 아니라 이 학교에서는 누구보다도 내가 오랫동안 지켜봤던 사람이지. 출근 시간보다 이른 시각인데 문득 홍 선생의 모습이 침침한 내 눈앞에 어른거리는 거야. 어제는 홍 선생의 뒷모습을 지켜보다가 가슴이 미어지는 줄 알았으니까.

푸슬푸슬한 흰 머리칼에 목 때를 감춘 와이셔츠 깃이 유난히 초라해 보였던 오후의 마지막 시간이었어. 잠겨 가는 목을 풀기 위해서였는지 홍 선생이 잔기침을 한차례 하고 유리창 밖으로 시선을 옮겨 놓았는데, 그런 그의 눈에 무엇이 보였을까. 자신의 나이만큼이나 훌쩍 자라버린 플라타너스 가지들이 기다란 어깨를 늘어뜨려 놓은 교정을 하염없이 바라보는 거야. 영문을 몰라 소란을 떨던 아이들도 눈치 빠르게 숨죽이고 말았지. 최근 들어 부쩍 말수가 줄어든 홍 선생이 수업 도중에 이러는 모습이 처음은 아니었어. 아이들과 반대편인 내 쪽으로 자신의 몸을 돌리더니,

"그래, 이제 때가 된 거야. 도리 없잖아."

야윈 그의 손가락 끝이 내 볼에 맞닿았을 때 그가 나직이 중얼거렸어. 나는 으스스 몸을 떨며 그의 말을 음미하게 되었는데, 하마터면 손을 맞잡을 뻔했어. 안타까우리만치 가냘프게 보였던 그의 손을.

아이들아. 개혁이니 구조조정이니 하는 날선 언어들이 교실에까지 휘몰아 닥친 건 오래전의 일이었지. 나이 먹은 놈들부터 시작하여 문제가 조금이라도 있는 선생들은 이번 기회

에 정리될 거야. 소름 돋는 말들이 교단을 흉흉하게 만들던 무렵 내 앞에서 주고받던 교사들의 얘기도 새삼스럽게 떠올랐어. 젊은 치들로 꾸린다면 패기가 있고 잘해볼 것 같지만, 그게 생각처럼 되겠어? 아이들 가르치는 것을 무슨 수로 점수를 매긴다는 거야? 한물간 늙다리로 퇴물 취급 받고 보니 자꾸 옛날 생각이 나.

그럴 때마다 그런 얘기들이 남의 일 같지만은 않았어. 처음에는 쇠망치로 얻어맞은 것 같은 충격을 받았지만 자꾸 맞다 보니 만성이 되어 기정사실화되어 버리는 것과 같은 이치일까. 나의 처지, 이렇게 초췌한 모습으로 빛 좋은 개살구가 되어 가는 내 처지와 다를 게 뭐야.

아이들아. 자신의 해쓱한 볼을 어루만지고 있는 홍 선생을 나는 글썽해진 눈으로 바라보았어. 나도 한때는 말쑥한 차림으로 잘나가던 시절이 있었지. 기억하기에도 가물가물한 일이지만 교실 속 아이들의 모든 시선을 집중시키던 시절이 내게도 분명히 있었다는 뜻이야. 그때는 순결한 내 몸도 아깝지 않았어. 열정적인 교사들의 숙련된 필기 솜씨가 거침없이 나의 가슴 한복판을 유린했고 어떤 때는 더러운 침까지 튀겨 왔어도 나는 즐겁기만 했어. 분필과 칠판이 만나서 내는 소리야말로 저 음악실의 서툰 합창 소리보다도 더 듣기 좋은, 학교에서 낼 수 있는 최고의 화음이라고 굳게 믿었거든. 미래의 동량이라는 우리 아이들이 저마다의 초롱한 눈망울을 일제히 열어 나만 향하고 있을 때의 감동이란, 그런 기분을 음미하는 순간에 내 맥박은 빨라지고 말아.

하지만 아이들아. 행복이란 애당초 그리 오래가는 성질이 아녔나 봐. 언제부턴가 교사들은 저희들끼리 짜 맞추기라도 한 듯이 하나 둘씩 나를 외면하더니, 심지어 아이들마저 나를 멀리하는 거야. 모둠학습이니 토론학습이니 하는 해괴한 이름을 붙이고 자기들끼리만 바라보도록 책상 배열을 했을 때는, 어이가 없어서 헛웃음을 짓고 말았지.

아이들아. 지금 생각해보면 한숨만 나올 일이지만, 내 옆자리에 대형 LCD TV가 설치되고 내 이마에 빔 프로젝트의 화면이 걸릴 때까지만 해도 나는 두 눈을 감고 견뎌냈어. 예상해 본 적도 없는 수모였지만 언젠가는 나의 진가를 다시 인정하며 내 앞에 모여 회개하리라 믿었기 때문이지. 그런데 그로부터 얼마 지나지 않은 그 봄날의 치욕은 나를 단번에 무너뜨리고 말았어. 정말이지 내 목숨이 다하여, 장작으로 빠개진 채 저승에 가더라도 그날만은 잊을 수 없을 거야. 연거푸 네 시간의 오전 수업이 진행되는 동안, 교사들이든 아이들이든 누구 하나 나를 거들떠보는 사람이 없었어. 그토록 정갈하게 줄을 맞춰 앉아 나를 바라보던 그 아이들이 아니었어. 그들은 자기들 멋대로 떠들더니 무리들 중 몇이서 발표를 했고 망령

난 교사는 흡족한 목소리로 그들을 추켜세우는 거야. 한두 시간뿐이었다면 그러다 말겠지 하며 미친 짓으로 치부하고 말았겠지만 하루의 모든 시간을 연달아 그렇게 보내고 다들 유쾌한 표정들을 주고받았을 때는, 알싸한 현기증이 일어나고 말았어. 나는 혀를 깨물고 입 밖으로 터져 나오는 쓰디쓴 목울음을 삼켜야 했지.

아이들아. 지금이야 다 지나간 일이라고 애써 가슴을 쓸어내릴 수도 있어. 그도 그럴 수밖에. 사실 내 팔자란 게 그다지 순탄치만은 않다는 것을 알고 있었으니까. 처음의 내 모습이야 두레박에서 길어 올린 샘물처럼 깨끗했겠지만, 오래갈 수 있었겠어? 종일토록 분필가루를 뒤집어써야 했고 철없는 아이들이 내 얼굴에 낙서를 하는가 하면 심지어는 칼금을 긋기도 했어. 털어서 먼지 안 나는 사람이 어떻게든 나올지 몰라도, 털어서 먼지 안 나는 칠판은 없을 거야. 숫제 평생을 분필가루만 뒤집어쓰고 살아왔으니, 운명치고는 참으로 지저분한 꼴이지. 그래도 오랜 말벗인 교탁이나 책상들에게는 큰소리를 쳤어.

"너희는 부러지고 문드러져 창고로 실려 가는 게 보통이지만 나는 학교가 문 닫을 때까지는 이 자리를 지킬 거야. 생각해 봐. 학교가 문 닫는 거 봤니? 그리고 백묵 가루 날리지 않는 교실을 상상이나 할 수 있냐 말이야."

그런데 아이들아. 이제는 헛일이 되고 말았어. 세상이 바뀌었거든. 요즘에는 교탁까지 나를 놀리는 기가 막히는 세상이 되었는걸 뭐. 늘 수선을 받아야 연명하는 주제에 언감생심 나를 올려다보지도 못했던 놈이었는데.

"우리는 죽어 장작불로 사라지더라도 교단이라는 상징성으로 영원히 명예롭겠지만, 보아하니 칠판은 이제 곧 교실에서 추방당할 운명이니 이걸 어떡해?"

교탁의 비아냥거림이 내 사지를 부들부들 떨게 했어도 참을 수밖에 도리가 없구나. 예전 같았으면 버럭 호통을 쳤겠지만 이제는 그럴 수 없게 되었다는 것을 힘겹게 인정해야 해. 저쪽 서편의 특별실들부터 노쇠한 칠판을 떼어내고 희고 정갈한 보드판으로 교체한다는 소식을 들었을 때도 나는 긴 한숨을 내쉬었어. 전자펜을 이용하는 전자칠판 같은, 최첨단의 멀티미디어 교육 기자재들이 곧 교실을 점령한다는데, 교탁의 말대로 진정으로 이 자리를 떠날 때가 다가오고 있는 걸까. 그렇게 보면 지금, 이런 천덕꾸러기 신세나마 다행인 건지도 몰라.

미안, 아이들아. 이런 주책, 또 눈물이 나오려 하니……. 나의 진면목을 세상의 모든 이들에게 다시금 일깨워 주려면 아직 갈 길이 남아 있는데, 동쪽 하늘에서 떠오른 해가 이토록 선명한데, 눈앞이 침침하고 사물의 형체는 희미해진 채 어른

거리기만 하니……. 홍 선생처럼 눈물을 감추기 위해 돌아서
면 그만인, 뒤쪽이 내게는 없잖아.

숨어버린 계절

9월 6일 아침, 김영만

아이들은 이제 스스로 유리창문을 열지 않는다. 커튼을 넘나드는 햇살이 포근해지면서 바람이 반가웠다. 토막으로 떨어지는 아이들의 기침 소리가 여름날보다 잦아졌다. D-100일을 보낸 게 한 달 전쯤이었는데도 까마득한 옛날의 일처럼 아득했다. 통과의례와도 같은 환절기가 지나면 가을은 깊어질 것이다. 계절이 깊어진다는 것은 계절이 바뀐다는 것을 의미한다. 계절이 바뀌면 서슴없이 겨울이 찾아올 것이고 그렇게되면 아이들은 수능 시험을 보러갈 것이다.

1교시는 학급회의 시간이었다. 하지만 정식으로 학급회의를 해본 적은 별로 없다. 대신에 아침 자율학습을 이어서 하거나 담임으로서의 의례적인 훈화만 할 뿐이다. 오늘도 나는 교탁에 두 손을 짚고 선 채 이것 하지 마라, 저것 하지 마라 같은 전달과 지시를 나열했다. 아이들은 심드렁한 표정으로 듣는 둥 마는 둥 초점 잃은 시선을 허공에 띄워놓았다. 뒷문이 열리더니 홍문기 선생이 나를 불렀다.

"김 선생."

"왜요?"

나는 교무수첩을 들고 교실 문을 나섰다. 홍 선생은 나와 걸음을 함께할 때까지 기다려 주었다. 잠시 후 우리는 나란히 긴 복도를 걸어 교무실로 향했다.

"교편 전달식을 한다던데?"

"교편 전달식이요? 그게 뭐래요?"

"교편 몰라? 매 말이야, 매."

"그걸, 전달식을 해요? 또 누구 머리에서 그런 게 나왔대요?"

"학운위의 결의라네. 하여간 학운위 하는 짓이 웃기지 않나? 정작 해야 할 것은 안 하고 엉뚱한 일만 도모하고 있으니……."

홍 선생의 쉰 목소리가 툭 끊어졌다.

"임상수 문제로도 골치 아파 죽겠고만, 류신화 이 자식이 오늘도 학교를 안 나오네."

홍 선생은 연신 터져 나오는 잔기침을 참으려는 듯 교무수첩을 입가로 끌어올리다가 한숨을 내쉬었다.

"류신화가요? 그럴 놈이 아니잖아요. 거참, 왜 그런데요? 수능이 얼마나 남았다고?"

이웃 반이긴 하지만 올해 홍 선생 반 아이들은 유별났다. 그럴 때마다 그는 하소연하듯 학급의 동정을 말해주었다. 더위가 기승을 부리던 여름날 아침에, 우연히 류신화와 얘기를 나누었던 기억이 떠올랐다. 오리걸음을 끝내고 복도를 지나가는 신화의 관자놀이에서 땀방울이 뚝뚝 떨어졌다. 넌 지각대장이냐? 아침마다 오리걸음이네? 그랬는데 신화의 얼굴이 일그러졌다. 순한 양 같은 신화에게 이런 면도 있었던가 하는 의아함이 앞섰다. 나는 신화의 담임이 아니었으므로 그간 신화에 대해서 아무것도 모르고 있었다. 외양을 감안한 선입견으로 섣불리 재단하고, 나만의 시선으로 그를 바라봤을 것이다.

홍 선생은 류신화에 대해서 얼마나 알고 있을까. 담임이라고 해서 자기 반 학생의 동향 파악을 완전하게 하고 있다고 말할 수는 없다. 체격은 왜소했지만 성적이 남들에게 뒤지는 편도 아니고 온유한 성격에다 원만한 교우 관계를 감안했을 때 신화에게 문제는 없었다. 그런데 그날 신화의 얘기를 들어보니 그게 아니었다. 최근 이사를 한 탓에 갑자기 주거 여건이 바뀌었고 통학의 동선이 불편해져서 날마다 만원 버스를 타고 등교하다보니 지각이 잦았다. 지각 단속에 걸리다 보면 교문에서 교실까지 오리걸음을 해야 했는데 아침부터 체력이 떨어져 개도 안 걸린다는 여름 감기를 끼고 살았다. 다니던 학원도 그만두었다고 했다. 무엇보다도 신화를 괴롭힌 것은 성적이었는데, 고3 들어서 잘 오르지 않는 모의고사 성적을 두고 부모님이 자꾸 부담을 주는 모양이었다. 더욱이 명문대학에 다닌다는 사촌형제들과 비교하여 다그칠 때는 죽고 싶다고 했다.

신화만큼만 공부하면 더 이상 소원이 없을 부모가 세상에는 수도 없이 많을 텐데. 성적의 욕심에는 끝이 없다는 생각이 들었다. 그러다가 문득, 자신의 성적에 불만을 갖지 않는 학생이 어디에 있을 것이며 자기 자녀의 성적에 만족하고 사는 학부모가 어디 있겠느냐는 생각에 다다르자 가슴속이 서늘해지고 말았다. 이놈의 지긋지긋한 성적, 그게 손으로 잡히는 것이라면 닿을 수 없는 먼 거리로 던져버리고 싶었다. 하지만 성적이란 놈은 그렇게 만만한 존재가 아니었다. 학생들은 학생들 나름대로, 교사들은 또 그들 나름대로 시험과 성적을 사이에 두고 매일같이 진을 빼고 있었다. 학생들은 장래의 인생을 좌우할 수도 있는 입시를 앞두고 있으니 어쩔 수 없다고 쳐도 교사들은 달랐다. 나부터서도 그랬다. 성적에 연연하거나 진학 결과에 휘둘리고 싶지 않았다. 그래도 월급은 살찐 암탉이 낳아주는 달걀처럼 날짜를 어기지 않고 꼬박꼬박 나왔다. 그래, 나는 나이브한 선생이고 싶어. 아이들의 성적 같은 하찮은 수치를 두고 스트레스를 받아야 한다면, 그런 정신 나간 짓이 또 어디 있겠어? 어떻게든 아이들의 성적에 대해서만은 둔감해지려 애썼다. 하지만 쉽지 않은 일이었다. 나이브한 선생은 역시 없었다. 팽개쳐 버리고 싶지만 그럴수록 표독한 전의를 드러내며 성적이란 놈은 그악하게 달려들었다. 무시해버릴 수도 없고 모든 것을 바칠 수도 없는, 망측한 갈등의 무게를 매일같이 짊어져야 했다.

아이들에게 지속적인 관심을 갖고 면밀한 상담을 한다는 것은 피곤한 일이었다. 그럴 수만 있다면 인성이 바른 신화 같은 아이가 헛된 생각에 빠졌을 리 없다. 하지만 그런 것들이 귀찮았다. 고민에 빠져 있는 아이를 발견했을 때 나도 모르게 못 본 척 뒷걸음쳤다. 그렇게 잠이나 퍼자는 놈이, 뭐? 수시를 넣겠다고? 하여간 돌대가리 새끼들은 따로 한 반을 만들어야 한다니까. 떨어진 성적을 지적하며 비아냥거리는 것이 일상이 되어버렸다.

"임상수 처리는 어떻게 될 거 같아요?"

"죽갔구먼. 상수 아버지가 길길이 날뛰는데……. 이것 참. 이리저리 쑤시고 다니며 학교를 가만히 두지 않겠대. 기자라는 작자가 취재를 나오겠다고 교장실에 전화를 했다는구먼. 이러다간 학교에서 징계도 쉽게 못할 거 같아. 상수 아버지란 사람이 보통 성질이 아니거든."

"안대균이도 그냥 넘어갈 것 같진 않던데요."

"정말, 미치겠어. 상수 아버지 얘기를 들어보니 안대균 선생 말과는 또 다르더라고. 상수도 많이 맞았다는데, 징계는커녕 합의를 해줘야 할지도 몰라. 이빨이 흔들리고 코뼈가 나갔다잖아."

홍 선생의 입장을 헤아려 보았다. 퇴학을 시키든 전학을 보내든, 임상수의 처리를 어떤 식으로든 끝내야 했다.

"아버지 성질이 그렇다면 상수 엄마랑 상대하지 그랬어요. 뭐, 똑같지 않나요?"

"어휴, 어머닌 더 해. 말도 마. 차라리 아버지가 낫지."

홍 선생은 짐짓 웃으려 애썼지만 얼굴에 드리워진 불편한 기색은 사라지지 않았다. 교무실로 들어선 뒤 구부정한 동작으로 자리에 앉는 그를 새삼스러운 눈으로 바라보았다. 학부모에게 그는 왜 이렇게 쩔쩔 매는 걸까 하는 생각 때문이었다. 잘못이 있는 학생의 부모에게 그걸 제대로 나무랄 수 없는 형편이라면, 무언가 말 못할 사정이 있는 건 아닌가 하는 생각마저 들었다.

"류신화랑 임상수랑 지금 함께 있는 거 아닐까요? 둘 다 학교에 안 나오고 있다면, 뻔한 것 아니겠어요? 그 자식들 원래 친하잖아요?"

"그럴지도 모르지. 그나저나, 신화 엄마가 다 죽게 생겼네. 신화나 상수의 행방에 대해서, 우리 반 애새끼들은 아무도 모른다고 하고 휴대폰들은 꺼져 있으니, 찾을 길이 막막하잖아. 젊은 선생들처럼 내가 직접 찾아다닐 수도 없고 말이야."

교장의 손에 들려져 있는 작은 막대기를 교편이라고 했다. 지난 주말에 교장이 집안의 선산에 올라가 싸리나무를 베어서 직접 깎았다고 했다. 그것들은 일괄적으로 같은 크기에 같은 모양이었다. 작은 지휘봉 같기도 하고 지휘봉치고는 조금 짧고 가늘어 보이기도 했다. 그것들은 교장의 탁자 위에서 교사의 숫자만큼 나란히 누워 있었다. 교장의 말이 근엄하게 이어졌다.

"체벌을 해서는 안 됩니다. 체벌이라는 말 자체가 부끄러운 것입니다. 체벌에 대해서 대법원 판례에도 나와 있다시피 교육적으로 불가피한 경우라고 제한했지만, 생각해 보세요, 교육적으로 불가피한 경우라는 게 어디 있습니까? 1퍼센트의 불가능이라도 가능하게 해야 하는 게 우리 교육자가 실천해야 할 사명 아닌가요? 그런 의미에서 체벌은 절대 해서는 안 되는 것이지요. 하지만 피치 못할 경우가 있을지도 몰라서 이렇게 교편을 드리는 겁니다."

그럴듯한 아이러니였다. 체벌을 하기 위함이 아니라 체벌을 하지 말라는 뜻에서 전달하는 교편이라고 했다. 아무래도 손에 작은 매라도 들려 있으면 감정을 절제하지 못해 일어나는 손찌검 같은 충동적 행위 정도는 미연에 막을 수 있지 않겠냐는 거였다. 무엇보다도 이걸 매라고 생각하지 말고 지시봉으로 사용하라는 것이었는데 교사들의 반응은 담담했다. 학운위의 결의 내용이 통보되었고, 불가피한 경우의 체벌은 어떠한 경우라도 손바닥을 한 대 이상 때려서는 안 된다는 당부도 아울러 전달됐다.

"근데 왜 하필, 교편이야? 교편이란 말에는 채찍이란 의미가 들어있는 거 아냐? 그냥 알기 쉽게 사랑의 매라고 하지. 안 그래?"

곁에 있던 박천 선생이 중얼거렸다. 교장에게까지는 들리지 않을 만큼의 낮은 목소리였는데도 뒤쪽에서 작은 웃음소리가 났다.

"임상수 문제 때문에 이러는 거 아닐까? 안대균 선생이 임상수를 좆나게 때렸다더니 사실인가 봐."

박천 선생이 다시 속삭였다.

"지난 주말에 깎아 왔다잖아. 임상수 건은 어제 일인데. 오비이락이면 몰라도……."

나는 집게손가락을 입으로 가져가며 조용히 하라는 신호를 보냈다.

"이제부터는 몽둥이를 들고 교실로 들어가시는 선생님이 없어야겠습니다. 시대가 바뀌었어요. 학생들이 교사를 핸드폰 동영상으로 촬영하고 경찰에 신고하는 세상 아닙니까?"

확실히 그 말은 맞았다. 교직 초임 시절에 선배 교사들에게 귀가 닳도록 들었던 이야기는 이제 효용이 떨어졌다. 학년 초에 아이들을 못 잡으면 일 년 내내 고생한다는 것. 시범 케이스란 걸 보여주지 않고서는 아이들의 군기를 잡을 수 없으며, 맨 처음 군기를 잡을 때는 왕초쯤으로 보이는 한 명을 불러내 일거에 쌍코피를 터뜨려 놔야 한다는 것. 기왕이면 과장된 소리를 섞어야 하며 옆 교실까지 다 들리도록 강렬하고도 인상적인 시위를 벌여야 한다는 것을 강조했던 시절이 분명 있었다. 그래야만 일 년이 편하다 했으므로 교사들은 학년 초가 되면 가련한 시범 케이스를 고르는 데 신경을 집중했다. 하지만 지금은 휴대폰 동영상으로 무장한 아이들 앞에서 교사들은 교묘하고도 지능적인 훈육 기술자로 뒤바뀐 형국이었다.

회의가 끝난 후 자리에서 일어서려는데 바지 주머니에서 휴대폰의 진동이 울렸다.

방금접속^^ 영만아놀~~~자

종희에게서 온 문자메시지였다. 컴퓨터의 대화 메신저에 접속해 있다는 뜻이었다. 나는 느린 손동작으로 휴대폰을 더듬어 답장을 보냈다.

오전엔수업이많아곤란해점심먹고보자

담배 생각을 물리치기 위해서 냉수를 한 잔 따라 마셨다. 휴대폰을 다시금 확인했지만 종희에게서 답장이 오지 않았다. 메신저를 떠나는 종희를 상상하며 그녀가 화났을지도 모른다는 조바심이 들었다.

"임상수와 류신화가 원래 친한 사이였어요? 아이들 말이, 아마 둘이 함께 있을 거라고 그러던데요."

오판석 선생이 홍 선생에게 말했다. 임상수와 류신화 때문에 골치를 앓는 홍 선생의 입장을 감안한다면 아이들을 찾을 수 있는 하나의 정보를 제공해주는 셈이겠지만 새로운 것은 아니었다.

"그럴 거야. 둘이 같이 있을 가능성이 농후해. 친하거든."

다 알고 있다는 듯이 말하는, 홍 선생의 대답은 힘이 없었다. 나란히 복도를 걷고 있던 내가 끼어들었다.

"오월인가, 유월인가? 자네 반에서 싸움 사건 났을 때 기억해? 그때 석구를 때린 놈이 대환이었지? 석구가 맞았다고, 떼거리로 몰려온 놈들. 생각해 봐. 그 애새끼들까지 다 잡아왔잖아. 그중에 상수도 있었고 신화도 있었어."

"맞다. 그놈들끼리 모여서 뭐 한다고 그러지 않았나요?"

오판석의 기억을 되찾아준 것은 홍 선생의 대답이었다.

"밴드를 한대. 모여서. 리더는 5반 신종하일 거야."

그날을 기억하고 있다. 아이들의 싸움 장면을 목격한 사람은 나였다. 쉬는 시간이었고 복도에서였다. 청소함 곁에 서 있던 한 녀석이 상대방을 향해 주먹을 날렸는데 먼 거리에서 보기에도 정통으로 맞은 것 같았다. 빠른 걸음으로 가서 뜯어말려야 했다. 다른 아이들까지 엉겨 붙은 모양이 자칫 패싸움으로 번질 양상이었다. 둘을 떼어놓고 보니 오판석 선생 반의 대환이와 석구였다. 크게 말썽을 피운 적은 없었어도 평소 장난이 심한 아이들이었다. 나는 큰 소리로 꾸짖어 사태를 수습하고 싸움과 관련된 아이들 모두를 교무실로 데려갔다. 상황을 파악한 오 선생은 대환이와 석구를 매섭게 노려보았는데 아이들은 얼굴을 들지 못했다. 이 새끼들 봐. 잘못한 줄은 아는 모양이네. 내가 뭐랬냐? 싸움만은 안 된다고 했지? 쌈 잘하는 놈이 지배하는 세상이라면, 효도르가 UN 사무총장 해야겠다. 그런 세상이라면 뭣 땜에 학교를 다니냐? 이종격투기 배우러 도장엘 나가지. 오 선생은 벌겋게 달아오른 석구의 눈자위를 대환이에게 어루만지게 했다. 괘씸한 생각이 들었는지 오 선생은 싸움의 원인을 캐물었다. 이 자식이 나보고 자꾸 '잘나조'라고 부르는 거예요. 무슨 뜻이냐고 물어도 말도 안 하고, 그래서 내 나름대로 한마디 했죠. '잘 봐. 나 조인성이야.' 그러냐고 물었더니 이 자식이 그게 아니래요. '잘 봐. 나 좆밥이야.'로 보인대요. 나는 어이없는 말을 하는 그들을 보며 웃음을 참고 있는데 오 선생이 무표정한 낯으로 다시 물었다. 니들이 초딩이냐? 고3 녀석들이, 노는 꼬라지들 봐라. 그래, 그런 일로 싸웠단 말야? 그것뿐이 아니에요. 우리 성씨더러 쌍놈이라잖아요. 자기네 성씨는 양반이고요. 너는 안 그랬냐? 내가 을사오적의 후손이라며? 아이들은 오 선생 앞에서조차 서로 으르렁거렸다. 나는 한 발짝 자리를 피해 뒤쪽으로 물러서 버렸다. 한심스러운 녀석들이었다. 덩치는 황소만큼이나 자란 놈들이 서로 내세우는 논리라고는 형편없는 수준이었다.

애들 좀 봐, 오 선생. 어째 갈수록 질이 떨어지지? 나는 그들의 귀에 들리도록 큰 소리로 말했다. 요즘 세상에, 서로 양반이라고 우기며 쌈질하는 고3이 어디 있냐? 이 철딱서니 없는 새끼들아. 그리고 류신화, 임상수, 너희들은 왜 끼어들어? 친구들이 싸우면 말려야지, 편을 들어서 쌈을 키우려고 해? 니들이 조폭이야? 편을 짜게? 기어이 한마디를 더 하려는 순간에 오 선생이 석구의 배를 툭 쳤다. 아이들이 한 걸음씩 뒤로 물러섰다. 그런 건 뿌리 깊은 인습의 잔재라고, 지금은 그런 것들을 따지고 살 때가 아니라고 말해야 하는데 갑자기 의욕이 사라져 버렸다. 제대로 판단할 능력이 없는 놈들이다 싶으니 모든 게 귀찮고 피곤할 뿐이다. 그들의 정신을 옥죄며 하찮은 자존심의 불씨로 살아 있는 것은, 어쩌면 나로서는 감조차 잡을 수 없는 전혀 다른 것일 수도 있었다. 양반이 그렇게 좋으냐? 넌 양반의 후손이니 참 좋겠다. 낼모레면 수능인데, 싸움판이나 벌이고. 이 개자식들아. 꼴도 보기 싫으니 저쪽 복도로 나가서 무릎 꿇고 손들고 있어. 오 선생이 아이들을 교무실 밖으로 몰아냈다. 눈이 부어오른 석구는 찡그린 표정을 풀지 않았다. 그런 석구를 바라보다 못해 내가 슬그머니 나섰다. 괜찮겠어? 부모한테 연락이라도 해주어야 하지 않을까? 석구 부모가 저 얼굴을 보면 속깨나 상하겠는데? 조심스럽게 말했는데 오 선생의 반응은 심드렁했다. 에이, 병원에 갈 정도는 아니잖아요. 아이들이 다 싸우면서 크는 거죠. 그리고 석구는 아버지가 없어요. 재작년에 암으로 돌아가셨대요. 그래서 지금은, 편모에다 기초수급이에요. 또, 쟤 엄마는 지금 이 시간에 집에 있을 리도 없고요. 최근에 엄마가 식당주방 일을 시작했다고 해서 어려운 여건에도 사고 안 치고 학교 잘 다니고 있는 석구가 대견하다고 머리를 쓰다듬어 줬거든요. 그러니 됐어요.

어? 이 사람 보게, 그런 게 무슨 상관이야? 그럼 석구를 때린 대환이의 부모는 어디 장관이라도 되겠네? 아이, 왜 이러세요. 남의 반 일에……. 대환이 부모는 장관은 아니더라도, 드림파크 54평에 살고 있고 아버지가 큰 식당 몇 개를 갖고 있거든요. 우리 반의 주력 멤버인 줄 다 아시면서.

참, 내……. 그런 게 무슨 상관이야? 끝내 입을 다물고 말았지만 그날을 기억하고 있는 또 다른 이유가 있었다. 돌연 석구가 혼자서 다시 찾아 들어온 것이다. 이 녀석이 방금 오 선생이 했던 얘기를 엿듣고 따지러 온 게 아닌가 하는 의구심이 들었다. 벌겋게 달아오른 눈두덩이 보기에도 민망했다. 병원에 데리고 갈 만큼은 아니더라도 저 정도 상처면 응당 담임이 석구네 집에 연락은 해줘야 하지 않겠나 하는 생각이 짙어졌다. 그랬는데 석구가 찾은 사람은 오 선생이 아니었다. 쭈뼛거리던 석구의 발걸음이 내 앞에 와서 멈췄다. 선생님, 고자질 하나 해도 돼요? 잔뜩 독이 오른 눈빛이 아직 풀어지지 않은 상태였다. 고자질이라니? 무슨 말인가 싶어 나는 자세를 고쳐 앉았다. 선생님 반 환경 판에 붙여둔 학급 사진에, 선생님 얼굴을 손톱으로 그은 놈을 찾으셨잖아요? 그 말에 귀가 번쩍 뜨였다. 체육대회 때 운동장 스탠드에서 찍은 학급 단체사진이 있었다. 호루라기까지 불어서 흩어져 있던 우리 반 아이들을 집합시킨 뒤 디카를 이용해 사진을 찍었다. 아무렇게나 모여서, 자유롭게 퍼질러 앉은 아이들의 한복판에 내가 앉았다. 승리의 V자를 손가락으로 표시하며 천진하게 웃는 아이들의 표정 한가운데에 파안대소하고 있는 내 얼굴이 있었다. 아이들과의 거리감 같은 건 찾아볼 길 없는, 아주 마음에 드는 사진이었다. 그걸 크게 확대하고 코팅까지 해서 교실 뒤 환경 판에 게시해 두었다. 그런데 한참을 지나서 우연히 사진을 보니 유독 내 얼굴에만 X자로 손톱자국이 짙게 나 있었다. 그래, 잡으면 아주 손목을 분질러 놓을 거야. 그놈이 누군지 안단 말이야? 사진을 확인한 순간의 기분을 지금도 잊을 수 없다. 그것은 단순한 손톱자국이 아니라 내가 아이들에게서 먼 거리로 쫓겨나 패대기쳐진 꼴이 되고 말았기 때문이었다. 애새끼들이 그러면 그렇지, 사진을 붙여놓은 내가 미친놈이지. 오만 가지 정이 뚝 떨어져버릴 만큼 불쾌한 감정이 불같이 일어났다. 그 순간 곧바로 사진을 떼어버렸고 공개적으로 범인을 찾았다. 화도 내고 언성도 높였으며 악담도 퍼부었다. 자수하면 광명을 찾으리라는 농담도 운운하면서 나설 것을 종용했지만 끝내 나타나지 않았다. 조용히 찾아오든지 그게 어려우면 익명으로 문자 메시지를 보내거나 메일을 보내라는 둥 갖가지 방법들도 제시해 보았다. 여러 날들이 지나면서 별수 없이 잊을 수밖에 없었다. 모든 아이들이 용의선상에 올라 있었기 때문에 아이들의 얼굴과 섭섭한 감정이 겹쳐져서 나로서도 힘들던 터였다. 잊기 위해서 몸부림을 친 꼴이었다.

석구가 복도 쪽을 손가락으로 가리키며 말했다. 대환이, 쟤가 그랬어요. 선생님 반에 들어가서요. 선생님 욕을 하더니 엄지손톱으로 찍찍 그었어요. 이렇게요. 제가 똑똑히 봤거든요. 석구의 목소리는 낮았지만 발음은 또렷했다. 나는 멍하니 석구를 바라보았다. 고마움은커녕 얄미움이 달려들었다. 대환이가 무엇 땜에 남의 반까지 들어와서 그런 짓을 했대? 석구가 대답했다. 원래 나쁜 놈이잖아요. 할 말이 없었다. 씩씩거리는 석구의 얼굴을 더 보고 싶지 않았다. 그래. 알았다. 나가봐라. 친구에게 몇 대 얻어맞더니 겨우 고자질이냐, 하고 꾸중하기에는 석구의 분통이 지나치게 고조되어 있는 상태였다. 한편으로는 나를 놀리는 것 같은 생각도 들어서 기분만 더러워지고 말았다. 예끼, 이 자식아! 석구의 머리를 쥐어박았던 오 선생이 허리까지 숙여가며 큰 소리로 웃었다. 그런 분위기가 어색했는지 석구도 씁쓰레한 표정을 풀지 못하고 있었다. 왜? 실망했냐? 내가 당장 쫓아가서 대환이를 돼지게 패줘야 하는데? 하여간 꼴통 새끼들은……. 방금 저 자식 말하는 것 좀 보세요. 섬뜩하지 않나요? 저런 정도면 또 무슨 짓을 저지를지 모르는 놈 아니에요? 저렇게 쌈질하는 놈들은 서로의 상처에 연고를 발라주도록 시켜봐. 그러면 감정도 금세 풀리거든. 아이고, 저런 새끼들은 그럴 가치도 없어요. 상대방의 고통이라곤 조금도 모르는 놈들한테 뭣 땜에 그런 걸 시켜요? 오 선생이 손사래를 쳤다. 요즘 아이들은 참 약아빠졌구나 생각하니 내 몸에서 기운이란 기운은 다 달아난 것 같았다. 의자에 다시 앉았는데 의자의 다리도 덩달아 주저앉는 듯했다. 이럴 줄 알았으면서 무엇 때문에 장본인을 찾으려 했는지 후회도 들었다.

"정말 그러네요. 석구 편들어서 대환이하고 싸우려고 했던 놈들이니까, 친하긴 하겠네. 그렇다면 지금 당장 석구한테 물어보세요. 신화와 상수가 어디서 죽치고 있는지 바로 잡을 수 있겠는데요."

오 선생의 추측에 홍 선생이 고개를 끄덕였다. 비로소 커피 생각이 났다. 인스턴트커피 한 봉지를 빼서 종이컵에 부었다.

"윤석구도 있지만, 5반에 신종하도 있어요. 또, 아폴로라는 놈도 있고, 하여튼 그놈들을 캐보면 뭔가 나올 거예요. 원래 잘 어울려 다니는 놈들이잖아요."

커피포트에서 물을 따르며 말했다. 그런데 정작 홍 선생만은 딴전을 부렸다.

"내버려둬. 그놈들 잡아와서 뭐 하게? 제 발로 돌아와야지. 임상수는 어찌 될지도 모르잖아. 전학이나 퇴학을 시켜야 할지도 모르는데…… 그리고 또, 신종하는 모를 거야. 종하는 노는 모양이 걔네들하곤 좀 다르더라고."

홍 선생은 남의 얘기를 하듯 기운 없이 말했다. 오랜 경험에서 나오는 도리 없는 판단일 수 있겠다 생각하니 새삼 그가 이해되었다. 오 선생도 그런 홍 선생을 위안해주고 싶었는지 말머리를 돌리려 했다.

"맞아요. 종하는 공부 잘하는 아이들한테 꽉 죽던데요. 2반에 이화랑이 있죠. 그 자식하고 종하가 친한 걸 보면……, 사실, 그런 놈들이 더 밥맛인데."

"이화랑이?"

인문계 1등을 놓치지 않는 아이였다. 빼어난 성적뿐만 아니라 외모도 준수했고 행동거지 또한 자로 잰 듯이 반듯했다. 남들은 맨발에 슬리퍼를 신고 다니는 무더운 여름날에도 화랑이는 언제나 깨끗한 양말을 벗은 적이 없는 아이였다.

"바로 앞 시간에 2반 수업을 했는데요. 뱃속에선 꼬르륵 전쟁이 벌어졌지, 애새끼들은 병든 닭구새끼들처럼 맛이 가 있지, 졸음에 지친 아이들을 깨우기도 지쳐서 나부터 나자빠지겠더라고요. 수능 문제 풀이를 하다가 하필 남북관계가 화제로 나와서 그걸 열나게 얘기하고 있는데, 아니 글쎄, 이화랑이 이자식이 대뜸 내 말을 가로막고 나서는 거예요."

"무슨 얘길 했는데, 제깟 놈이 가로막아?"

"통일을 하려면 통일 비용이란 것도 필요한 것이고 남측이 더 잘사는 편이니까 남한에서 그 일부를 부담할 용의와 준비는 되어 있어야 한다는 취지로 말을 하고 있었는데, 그 자식이 손도 들지 않고 큰 소리로 내 말을 잘라버리는 거예요. 그런 내 말을 이해할 수 없다는 것 아닙니까?"

"거, 참. 화랑이 그 자식, 어제오늘 일이 아니잖아."

"평소에도 난, 이상하게 그 새끼 눈빛이 기분 나빠요. 갑자기 내 말머리를 자르더니 대뜸 한다는 말이, 무엇 때문에 통일을 해야 합니까, 세금까지 더 부담하면서 통일을 해야 하는 이유가 무엇인데요, 남한에서도 실업자와 노숙자가 셀 수 없이 많은데 우리들 내부는 돌보지 않고 왜 무조건 북한에다가 퍼줘야 한단 말입니까, 그런 통일을 왜 기를 쓰고 해야 하는 것인지 이해할 수가 없어요, 하면서 눈동자 한번 흐트러뜨리지 않고 따지는데 우와, 이건 뭐 백분토론 하자는 것도 아니고, 미치겠는 거예요."

"그래, 뭐랬는데?"

화랑이는 충분히 그렇게 생각하고 말할 수 있는 아이였다. 따지고 보면 그렇게 얘기한다고 해서 딱히 나무랄 수도 없는 노릇이었다. 하지만 오 선생은 화랑이의 당돌한 태도를 문제 삼고 있었다.

"넌 참 책도 많이 읽고 신문도 잘 읽는가 보구나. 속은 뒤집어지더라도 꾹 참고 부드럽게 말하려고 했지요. 그런다고 해서 나도 모르게 튀어나오는 비꼬는 말투를 눈치 채지 못할 놈도 아니지만."

"통일이 다 뭐야. 수능에 나오는 거 말고는 어떤 사회현상에도 관심 없이 오로지 수능 문제 풀이에만 매달려 있는 요즘 고3 애들을 생각해 봐. 그에 비하면 이화랑이가 그래도 가상하구만 그래?"

"말도 마세요. 그런 놈들은요. 아무리 무얼 잘한다고 해도 칭찬해주고 싶은 마음이라고는 눈곱만큼도 없어요. 안 그래요?"

교사들이 학생들을 분류하는 기준은 딱 세 가지였다. 공부 잘하는 놈, 공부 못하는 놈, 이도 저도 아닌 중간쯤 하는 놈. 이들 중에서 화랑이는 첫 번째에 속하는 아이였다.

간혹 1등주의를 표방하는 아이들이 있다. 이런 부류는 초등학교와 중학교를 거치는 동안 제 스스로가 한 번도 1등을 놓쳐본 적이 없다는 이력에서부터 보통의 아이들과는 달랐다. 몇 년 전, 고3에 진급한 지 며칠 지나지 않았을 즈음에 한 아이가 그랬다. 저는요, 3학년 선생님들께 제가 먼저 인사를 하지도 않았는데요, 3학년 선생님들이 '아하, 바로 너로구나.' 하고 먼저 아는 체를 하던 걸요. 거짓말처럼 1등을 놓쳐본 적 없다는 그 아이는 그러나 끝내 학교를 졸업하지 못했다. 3학년에 진급한 후 2등도 하고 5등도 하더니 1학기 기말시험에 이르러서는 20등 밖으로 곤두박질치고 말았다. 전산실에 침투해서 학생들의 성적 파일에 손을 댄 범인이 그 아이라는 사실이 밝혀진 후 스스로 자퇴를 하고 말았다. 그해 여름방학 때의 일이었다.

메신저 대화 창을 띄우기 위해 컴퓨터의 전원을 켰다. 커피를 마시는 사이 곰곰 생각해 보았다. 아이들에게 무엇을 내세워야 하고 어떤 방법으로 가르쳐야 하는가를 고민한다는 것 자체가 무용하거나 소모적인 일이었다. 아이들을 마주하다 보면 샘솟는 옛 우물처럼 시도 때도 없이 치밀고 올라오는 의문이었다. 나도 이제 20년차를 바라보는 교사이니, 나이를 먹었다면 먹은 교사일 것이다. 어쩌다 아이들의 MP3 플레이어를 검색하다 보면 아는 노래라고는 하나도 없는 게 사실이다. 아이들 눈에는 진정 세대마저 달라져버린 구닥다리 교사로 보일지 모른다. 그러니 번거롭고 버거운 화두는 멀리 집어던져 버리고 아이들의 문제은행 창고에 더 많은 기억 장치를 마련해주어 자신들이 가고자 하는 대학에 쏙 들어갈 수 있도록 기름칠이나 잘해주면 되는 것 아니겠는가. 그보다 더 무엇을 바란단 말인가. 나는 남아 있는 커피를 마저 들이마셨다.

누군가 나에게 말해주는 이가 있다면, '그래도 버텨야지, 뾰쪽한 수가 있겠어?'라고 말할지 모르겠다. 지금의 아이들이 붙잡고 있는 정서와 소통이 되지 않더라도, 때로는 힘에 겨워 입에서 단내가 날 정도로 괴롭더라도 참고 또 참아야 한다고 힘주어 말할지 모르겠다. 상수와 신화 같은 아이들은 셀 수 없이 많은데, 옆 반의 아이들까지 어찌 다 챙겨 담을 것인가. 말귀가 통하지 않는 아이가 있다면 그것은 나의 무능으로 인정하고 아이들을 바라볼 것이며, 때로는 동화될 수 없는 이질감을 느끼더라도 그래도 버텨야 하지 않느냐고 호통을 쳐도 좋다고 생각했다. 점수 따기에만 눈이 뒤집혀 있는 아이들일수록 귓불을 끌어당겨 예뻐해주면 되지 않느냐고 위로해줄 것이다. 그럴 때는 청명하게 짙어가는 가을 하늘에 시선을 돌려버리면 그만이다.

어떤 이는 또 말할 것이다. 요즘 세상이 어떤 세상인데? 사오정, 이태백도 옛말이 되지 않았나? 대학을 졸업하고 직장 잡기가 하늘에 별 따기 아닌가? 월급 밀리지 않고 꼬박꼬박 나오지, 정년 보장되어 있지, 요즘 교사 되는 건 쉬운 줄 알아? 임용고시 경쟁률이 얼마인데? 고시 공부는 저리 가라야. 호강에 초친 소리 좀 작작하고 쥐 죽은 듯이 지내는 게 최고야. 자기 밥벌이하기에는 더없이 좋은 직장이 아니냐고 반문할 것이다. 나는 고개를 주억거렸다. 지난 20년 동안의 세월이 실제로 그랬다. 직장을 잡았으니 배우자를 만나야 했고 결혼을 해야 했으며 그러다 보니 아이가 태어나서 양육을 책임져야 했다. 나에게서 먹고사는 문제만큼 더 절실한 것은 없었다. 말만큼이나 자란 고등학생들 앞에서 호통이나 치고 있을 때 마침내 움츠러들고 마는 사람은 내 말에 주눅이 든 것처럼 보이는 학생들이 아니라, 사실은 나 자신이었다.

메신저를 켜놓았지만 종희는 대화 창에 들어오지 않았다. 접속을 요청하는 문자를 날려볼까 망설이다가 그만두고 말았다. 점심식사 시간을 이용한 대화는 늘 바빴다. 식사를 하러 학교 바깥으로 나가야 한다면 대화창은 닫아둬야 했다. 누군가 열어보다가 킥킥거리면서 종희에게 장난이라도 친다면 낭패가 아닐 수 없다.

점심을 먹고 식당을 나오다가 우연히 달력을 보니 추석이 다음 주로 다가와 있었다. 날짜 가는 것도 모르고 살았는데 벌써 추석이라니, 이제 가을도 깊숙한 곳으로 옮겨와 있음을 깨닫게 되었다.

"어이, 영만이. 하나 줄까?"

박천 선생이 방금 불을 붙인 담배를 꼬나문 채 담뱃갑을 통째로 내밀었다.

"됐네, 이 사람아."

나는 한 걸음 뒤로 물러섰다. 아직도 향기롭기만 한 담배 연기가 코끝으로 들이닥쳤다. 아내에게도 해본 적 없는 금연 선언을 나는 다른 여자에게는 손쉽게 해버렸다. 종희에게 담배를 끊겠다고 약속한 뒤로 담배를 참고 있었던 날들을 세어보니 어느덧 달포를 넘기고 있었다. 남편의 돌연한 금연을 마주하고 영문도 모른 채 좋아라 하는 아내의 얼굴은, 그 순간 피해버리면 그만이었다. 경위야 어찌 됐든 이대로 금연에 성공할 수만 있으면 좋으련만, 30년을 함께해 온 이놈의 중독성 때문에 매 시간마다 말할 수 없는 고통에 시달리고 있다. 금연하고 있는 동안 내내 중독이라는 것이 얼마나 무서운 집착인가를 깨달았다. 요즘 들어 나의 의식을 송두리째 사로잡고 있는 화두가 바로 중독이었다.

"하여튼 책을 많이 읽는 녀석들은 위험하다니까."

식당의 카운터에서 박하사탕을 주워 물었을 때 뒤따라 나오던 오 선생이 말했다. 밥을 먹는 도중에 몇몇 학생들을 화제 삼아 얘기하던 내용이 식당을 나와서까지 이어지고 있었다. 학생들은 자기들끼리 모여 교사들을 재단하며 거친 언어로 호불호를 나눌 것이고 학부모들도 그들 나름대로 겪어봤던 교사들을 평가하고 입에서 입으로 인수인계한다지만, 교사들도 다르지 않았다. 틈만 나면 학생과 학부모들에 대해서 얘기했다. 그럴 때마다 자신의 경험과 판단을 드러내며 동료들의 동조를 구했다. 오 선생은 오전에 잠시 비췄던 얘기들을 다시 반복했다. 2반의 이화랑이 있지? 아주 밥맛이야. 선생들 바라보는 눈빛을 좀 봐. 싸가지라고는 눈을 씻고 찾아보려 해도 한 군데도 없어. 왜 그런 줄 알아? 지네 엄마가 꼭 그 모양이거든. 고참 병사 무용담 늘어놓듯 얘기를 꺼내면 모두들 고개를 끄덕이는 시늉이라도 해야 했다. 학생을 일방적으로 칭찬하는 정반대의 경우도 있을 테지만 대개는 누군가를 씹어대는 얘기였다. 어떤 경우든 자신의 주관이 강하게 개입되게 마련이었다.

"도서관에서 책을 자주 빌려보는 놈들 있잖아요. 그런 놈들은 확실히 문제가 있는 거라고요."

오늘 점심때의 화제는 줄곧 이화랑이었다. 자리를 함께했던 네 사람 중에서 유독 오 선생만이 열을 올렸다. 공부를 월등하게 잘하다 보니 자신의 주장이 너무 강하다는 사실쯤은 누구나 알고 있었다. 공부는 잘해서 좋을지 모르지만 그보다 더 중요한 교우관계라든가 사제관계에서는 빵점이라는 얘기였다.

"좋아요. 로스쿨을 나와서, 그 자식 꿈이라는 판검사라도 된다고 쳐보세요. 옛날 군사정권 때처럼 악법에 손들어 주고 양심수만 대량으로 만들어냈던, 그런 한심한 판검사가 되지 않는다고 누가 보장하느냔 말이에요. 이건 확실히 문제예요. 고등학교 때부터 제대로 가르쳐놔야 하는데, 그 자식이 누구 말을 들을 놈인가요?"

아무래도 이쯤 되면 오 선생이 화랑이를 지나치게 미워한다는 생각이 들기도 했지만 누구도 제지하지는 않았다.

"책 읽기 좋아하는 놈들이 문제예요. 생각해 보세요. 책을 읽다보면 자꾸 현실과 멀어지는 거죠. 현실은 매력이 없어질 거고, 자기 주변의 사람들, 특히 책 한 권 읽지 않는 바로 곁에 있는 친구들을 바라보면서 무슨 생각을 하겠어요? 책보다 못한 인간들이라고 생각하지 않겠어요? 남들은 형편없거나 시시해 보일 거고, 시답잖게 보이는 친구들과 어울릴 턱이 없지. 그래서 친구가 없는 거예요. 그런 녀석들, 생각해 보시라고요. 발바닥은 땅을 딛고 서 있지만 마음만은 붕 떠올라서 마치 딴 세상을 사는 놈들 같지 않아요?"

"허어, 오 선생. 그래도 우리들은 아이들에게 책을 많이 읽어야 한다고 가르쳐야 하지 않나?"

담배를 맛있게 피우며 나란히 걷고 있던 박천 선생이 마지못해 한마디를 했다.

"아이고, 책을 많이 읽어서 공부 쪽으로 발전한다면 좋겠지만, 왜, 그런 놈들은 꼭 그러잖아요, 하라는 공부는 안 하고, 뭐 시를 쓰네, 영화를 만드네, 해버리는 날엔 쪽박 깨지는 거지요. 그런 놈들이 꼭 사교적이지 못하고 저 혼자 잘난 맛에 외톨이로 산다니까요. 그러니까 이화랑이하고 신종하가 친구가 될 수 있는 거죠. 비슷한 과거든요."

모두 너털웃음을 짓다가 입을 다물어 버렸다. 오 선생의 말이 조금은 달라져 보였다. 하고 싶은 말을 마구 쏟아내 버려서인지 나중에는 얘기의 초점이 조금은 비껴나 있었다. 그랬어도 오 선생은 자신의 생각을 좀처럼 접을 줄 몰랐다. 그는 평소에도 자기주장이 강한 사람이었다. 대학 다닐 때 돌멩이 던져보지 않은 학생이 어디 있답니까? 집회에 따라다니며 열정과 시간을 허비했지만 다 쓸데없는 짓 아니던가요? 돌아오는 건 아무것도 없지 않았어요? 그는 평소에도 현실 정치에 대해서라면 지독히 냉소적인 입장을 유지했고 환멸을 토로했다. 그러면서도 아이들에게는 언제나 정확한 양의 과제와 깜지를 요구하며 학습지도를 하기 때문에 학생들에게 인정을 받고 학부모로부터 인기가 있는 편이었다.

"독서도 일종의 중독이 아닐까? 책을 좋아하는 아이들만 책을 읽잖아. 때려죽인다 해도 책을 싫어하는 놈들은 절대 안 읽거든."

내가 한마디 거들었더니 오 선생이 내 곁으로 바싹 붙었다.

"그럴지도 모르지요. 독서가 양식이라는 말은 이제 책갈피 속에 들어가 낮잠이나 자야 될걸요. 공부 안 하는 놈들 중에는 중독에 걸린 것처럼 책만 읽는 놈들도 있으니까요. 중독이 별건가요? 자기 최면에 걸려 헤어나지 못하면 중독인 거죠."

금연을 결심하는 것도 오 선생의 말과 비슷한 건지도 몰랐다. 세상을 살면서 그 무엇인가에 중독되어 있다는 건 자기 스스로의 의지 바깥의 일임에 분명하다. 자기 최면도 아니고 자기 방기도 아닌 상태로 무엇인가에게 흠뻑 빠져 있다면, 그

것은 질환일 수도 있었다.

한 사람이 한 사람에게 중독되었다면? 컴퓨터의 화면에서 대화창을 연결시키며 종희를 찾았다. 하지만 종희는 대화창에 들어와 있지 않았다. 그녀는 특별했다. 나의 내면 전체를 거칠게 연소시킬 만한, 숨 막히는 열정이 내게 남아 있다는 사실을 느끼게 해준 상대가 바로 종희였다. 잠시 아내를 떠올려보았다. 교무실 책상에 놓인 컴퓨터를 통해 옛날 초등학교 여자 동창생과 날마다 일대일 대화를 나누거나 메일을 주고받는 남편을 아내는 알고나 있을까? 아마도 논두렁에 쏘다니는 발정난 개와 같다고 나를 향해 침을 뱉을 것이다. 사람에게 중독된다는 것은 인생에서 한 사람으로 족해야 할 것이며, 상식을 벗어난 중독이 상습이 되면 어떤 명의가 온다 해도 고칠 수 없는 진짜 중병이라고 비난할 것이다. 세상 사람들의 지탄을 받는 파렴치한 행각을 하기에는 교사라는 직업은 또 얼마나 부자연스럽고 거추장스러운가.

담배 생각이 다시 간절해졌다. 금연 구역이 선포된 학교에서 알게 모르게 흡연이 묵인된 구역은 옥상뿐이었다. 담배 한가치를 물고 작열하는 햇빛 아래에서 현기증 나는 흡입을 하여 심란해지는 마음을 다잡을 수만 있다면 얼마나 좋을까 하는 생각이 줄기차게 따라붙었다.

다음 수업 시간까지는 15분이 남아 있었다. 대화창에 종희가 접속해 오더라도 긴 이야기는 할 수 없었다. 대화창을 꺼버리고 바둑 사이트에 들어가기에도 어중간한 시간이었다. 교사로서의 진지한 고민이 나에게 있기나 한지 자문해볼 필요는 없다. 무심코 빼어 무는 담배처럼, 자꾸만 클릭이 되어버리는 이 질긴 중독의 끄나풀을 잘라내기엔 나는 그다지 강고하지 못했다. 바둑도 한 판 두고 실시간으로 주식 시황도 체크해 보면서 학생들을 잘 가르치지 못하란 법은 없다. 지난밤의 프로야구 경기 상황을 조목조목 체크할 수 있고 요즘 잘나가는 영화 프로도 확인할 수 있는, 무엇보다도 침 발라 우표를 붙이고 빨간 우체통까지 찾아가지 않아도 실시간 대화가 가능한 인터넷을 즐기는 것도 세상 사는 지혜였다. 호두알을 굴리며 지나가던 교장이 모니터를 들여다보고 혀를 차더라도 어쩔 수 없다. 가을 하늘은 맑고 드높은데 나를 사로잡고 있는 이는 딱 한 사람이었다. 나는 휴대폰의 폴더를 열어 종희에게 문자 메시지를 보냈다.

하늘이저리도푸르니참좋은가을날이다

—점심은 먹었니?^^

드디어 종희가 메신저에 접속해 들어왔다. '저니'라는 그녀의 아이디와 나뭇잎 모양의 이모티콘이 불쑥 나타났다.

―아까 화났지? 미안해. 오늘은 좀 바빴어.

―내가 화난 줄 어떻게 알았어?

―문자를 씹었잖아. 메신저도 꺼버렸고.

―노프러블럼. 신경 꺼라. 네 말처럼 가을 하늘이 저리도 푸르니, 그 사이 하늘이라도 실컷 보게 해줘서 고맙지.

종희는 말을 돌리고 있다. 나는 모니터 아래로 시선을 돌려 시간을 확인했다. 3시 10분까지는 대화를 나눌 수 있다. 다행이 옆자리의 오 선생이나 홍 선생도 수업이 있어서 교실로 들어가 버렸다. 어떻게든 분위기를 띄워 조만간 다시 만날 수 있는지 타진해 볼 수 있는 기회였다.

동창생 찾기 사이트에서 마침내 종희를 만났을 때, 처음에는 이름을 막 부르거나 말을 놓기가 어색했다. 종희가 지금까지 어떻게 살아왔는지 지금은 어디에서 무얼 하며 사는지 남편은 어떤 사람인지 그런 게 중요하지 않다는 얘기는, 내가 먼저 했다. 종희와 연결이 된 후로 반년이 넘는 동안 그녀는 매일이다시피 메신저에 들어왔다. 실직자들의 재취업에 관련되는 컨설팅 일을 한다는 그녀는 오후 시간이면 사무실에서 주로 지낸다고 했다.

―지금 내가 무슨 옷을 입고 있는 줄 아니?

나는 상의를 힐끔 내려보다 말고 종희에게 물었다.

―혹시, 그 티셔츠 입었어?

―딩동댕. 맞았어.

종희를 처음 만났던 지난봄에 그녀에게서 선물로 받은 옷이었다. 아내에게는 어떤 정신 나간 학부모가 이런 걸 사왔더라고 둘러댔지만, 지금껏 아내의 눈썰미로는 도저히 구매할 수 없는 고급스러운 옷이었다.

―그 옷을 입고 있다니, 오늘따라 네가 유난히 더 보고 싶은걸.

―나도 내내 그 생각을 하고 있었는데, 우린 서로 텔레파시가 통했나 봐.

―그럼, 오늘 당장 만나야 되는 거 아냐? ㅋㅋ

정말이지 내가 하고 싶던 말을 종희가 먼저 꺼낸 셈이었다. 문득 종희를 만났던 봄날이 생각났다. 메신저에 접속하여 나누던 대화쯤으로는 도저히 서로에 대한 갈망을 해소할 수 없다는 한계를 절감하던 즈음이었다. 약속 날짜는 벚꽃 이파리가 눈가루처럼 휘날리는 토요 휴무일의 정오였고 장소는 강변 유원지의 입구였다. 고즈넉하게 가라앉은 강이 한눈에 내려다보이는 민물횟집에서 점심을 먹으며 소주잔을 주고받았다. 어쩜 좋아. 낮부터 소주에 취하면 안 되는데. 종희는 그렇게 말하면서도 권하는 술잔을 거부하지는 않았다. 믿는 구석이라고는 한마디뿐이었다. 술 깨고 가면 되지 뭘 그래?

대화 속의 지나간 세월은 허무했다. 나는 종희에게 세계에서 가장 가보고 싶은 도시는 스웨덴의 스톡홀름이라고 얘기했다. 겨울에는 해가 짧기로 유명한 도시니까 외로움도 그만큼 줄어들 것 아니냐는 나의 조작된 감성을 대하고 예상대로 종희의 눈가는 아련하게 젖어들었다.

자전거를 타고 무전여행을 떠나고 싶다고 말했을 때는 스무 살 청년으로 돌아간 기분이었다. 밥은 되는 대로 얻어먹고 돈은 설거지와 밭일을 해가면서 벌고, 노인정이나 마을회관에서 기숙하며 전국의 오지를 여행하고 싶다는 생각은 스무 살 그 무렵에 했었다. 그런데 세월을 뛰어넘어 나도 모르는 사이에 그런 얘기들을 종희에게 하고 있다니, 종희와 함께하는 시간만큼은 나는 스무 살이었다. 블랙홀처럼 빨려들어 이제는 거역할 수 없는, 황홀한 마법이었다.

내가 가르치는 학생들이나 아내가 이 사실을 알면 코웃음을 치며 놀라 자빠질 일이었다. 건들건들 몸을 흔들며 이제그만 세상과 손잡으라 하는 친구를 찾고 있었던 것도 아닌데, 죽음의 땅에서 돋아나던 새순처럼 잠 못 드는 이의 창가에 찾아와 희망을 노래하던 그런 친구가 절실했던 것도 아닌데, 나는 아내뿐만이 아니라 어느 누구도 모르는 시간과 장소에서 종희를 만났던 것이다. 그리고는 거짓말처럼 술에 취해버렸다. 끝내 내리지 못한 종희네 집 근처의 버스정거장이 어디쯤이었는지 기억하지도 못하면서, 어린 시절에 학교의 작은 연못가에서 사슴 같은 눈망울을 거두지 못하고 서 있었던 종희를 기억해내려고 애썼다.

빔 벤더스의 영화 이야기를 잠시 나누다가 우리는 횟집을 나왔다. 예정된 순서를 밟듯이 네온 불빛이 이글거리는 욕망의 장소로 자리를 옮겼다. 술을 깨기 위해서라는 동의가 일정한 정당성을 제공하기라도 한 것처럼 우리는 정신을 놓아버린 채 격렬하게 서로를 탐했다. 선생이 이래도 돼? 이성은 거추장스러웠다. 그 자리에 뻔뻔스러운 얼굴로 일어서는 갖은 합리화만을 너저분하게 끌어다 붙였다.

빔 벤더스의 영화를 좋아한다고 얘기했던 순간, 나는 종희가 줄리엣 비노쉬를 닮았다는 생각이 들었다. 프랑스 여배우랑 똑같이 생겼다는 말이 아니라 종희의 얼굴을 덮고 있는 서늘한 눈매와 오뚝한 콧날이 어딘지 모르게 이방인의 느낌을 주고 있었다. 〈블루〉란 영화를 본 적 있니? 종희를 품에 안고서 물었다. 봤지. 근데 왜? 종희가 몸을 뒤척였다. 너 말이야, 줄리엣 비노쉬를 닮았어. 내가 종희의 몸을 탐하고 있을 때 사실은 아내의 얼굴이 떠올랐다는 얘기는 하지 않았다. 어? 그런 얘기를 들은 적이 있었는데, 오늘 너한테 또 듣네. 내가 정말 그 여자배우를 닮았어? 나는 영화 〈블루〉에서와 똑같은 가정을 해보았다. 사랑하는 사람들, 그러니까 가족들과 친지들을 다 잃고 천상천하에 딱 한 사람으로 살아남아 버려진 듯 살아가야 한다면 어떻게 될까 생각했다. 사랑하는 남편과 딸아이를 눈앞에서 잃어버렸을 때 여주인공의 선택은 절박한 것이었다. 살아서 뭐해? 가족을 따라 죽어버림으로써 영원한 자유를 함께 누리리라고 여겼을 수도 있었다. 〈블루〉라면, 그건 푸른 빛깔의 이미지였다. 무엇보다도 줄리엣 비노쉬의 얼굴이 나오는 영화 포스터가 떠올랐고 그게 걸려 있을 법한 공간들을 상상했다. 취기가 묻어 있고 담배 연기가 자욱하게 낀 어두컴컴한 싸구려 재즈 바의 벽면이거나, 이제 막 리듬이나 비트를 익히고 음악에 맞춰 어깨를 까딱일 줄 아는 사춘기 소년의 방에, 아니면 변두리 당구장의 카운터의 벽면에, 오래된 영화관의 먼지 나는 창고 구석에 영화 〈블루〉이거나 영화 〈레드〉의 브로마이드가 붙어 있을 것이다.

나는 종희의 이름을 조용히 불렀다. 우리, 둘이서, 함께, 깨끗하게 죽어버릴까? 그 순간 종희의 손이 나의 품을 밀어냈고, 그녀의 몸이 튕겨 올랐다. 미쳤니? 넌 지금 두려운 거구나? 다신 그딴 소리 하지 마. 그러려고 만나자고 했니?

자극받은 몸에 대한 기억은 끈질겼다. 수동적인 아내와는 달리 종희의 허리는 절정의 순간에 활처럼 굽어졌다. 그렇다고 해서 종희의 몸이 아내와는 어떻게 다른 것인지 구석구석까지 확인할 수 있는 기회는 자주 주어지지 않았다. 내 몸은 상상만으로도 반응했고 기다림은 길어졌다. 하나를 쥐면 하나를 버려야 하는 시소게임에 집착하고 있다는 걸 깨달았지만 쾌락에 눈먼 자에게 교사라는 직업이 담보해야 할 도덕이나 인내는 보잘것없었다. 꽉 쥐거나 약하게 쥐는 차이가 있더라도 할 수만 있다면 둘 다 쥘 수 있으리라고 나는 믿었다. 그렇게 되면 둘 중 하나는 분명 꽉 쥐는 게 있을 테니, 그걸 절대 놓지 않으리라 생각했다. 여름으로 접어든 어느 날, 아내는 내가 이상해졌다고, 전혀 다른 사람으로 변해버렸다고, 비로소 울음을 터뜨렸다.

—선생님이 된 친구를 사랑하니까 옛날 생각이 나.

—언제? 초딩 때?

—초딩이 뭐야? 아이들 같이.

—난 글케 불러. ㅋㅋ

—그때 말고, 여고 때 얘기야. 어떤 선생님을 짝사랑했거든. 솔직히 말하면 그 선생님과 자고 싶었어.

—뭐야? 그러면 난 그 선생님이 오버랩 된 대리인간이야, 뭐야?

—그건 아니고, 여자들한테는 그런 게 있어. 여고 때 기억.

—그래서 난 뭐냐고?

—아니, 난 네가 무조건 좋아.

초등학교를 졸업하고도 종희를 한 번도 잊어본 적이 없었다고 자판을 두드리려다가 상투적인 언어 같아서 그냥 참았다.

—오늘 밤, 만날 수 있어?

　—몇 시?

　—오늘은 6시에 끝나거든. 전번에 거기에서 볼까? 7시까지는 갈 수 있는데.

　대화창이 잠시 조용했다. 종희가 숨을 고르고 있는 사이 나는 황급히 메신저를 화면 아래로 내렸다.

　숨을 죽인 채 주변을 살폈다. 환청인 듯, 호두알 소리가 들렸기 때문이다. 바삐 종희와의 약속을 확인하고 메신저를 꺼버렸다.

　텅 빈 교무실인 줄 알았는데, 누군가의 목소리가 들렸다.

　"지게꾼은 말이야. 일감이 없으면, 하품이 나온다네. 그러다가 뻘짓도 하게 되고 말이야."

　고개를 돌려보니, 등 뒤에 박천 선생이 서 있었다. 그는 야릇한 웃음을 침을 흘리듯 머금고 있었다.

　권태로운 교사의 하루는 길었다. 퇴근 시간을 기다리다 지친 교사의 오후는 쇠줄처럼 질겼다. 마지막 수업이 끝나자 드디어 퇴근이 가능한 6시가 되었다. 자율학습 당번 교사들이 식사를 하러 가는 동안 나는 바쁜 마음으로 손을 씻었다. 7교시가 끝났을 때는 휴대폰을 열어 아내에게 전화를 했다. 갑자기 조문을 가야 할 일이 생겼다는 것과 혹시 술을 마시게 되면 대리운전을 해서 귀가할 테니 걱정하지 말고 먼저 자라고까지 일러두었다.

"어딜 그리 바쁘게 가시나? 소주나 한잔 할까?"

주차장을 향해 나란히 걷던 박천이 자신의 입에다 술잔을 들이키는 시늉을 했다.

"약속이 있어. 다음에 하지."

자동차에 오르기 직전이었는데 박천이 기어이 한마디를 했다.

"그러다 큰일 나네. 요즘 자넬 가만 보면 제정신이 아니라는 걸 바로 알 수 있어. 너무 티가 나. 자넨 모르지? 정신이 하나도 없으니까. 꼬리가 길어지면 반드시 밟히게 되어 있어. 조심하게."

"뭐야? 이 사람이……."

나는 박천의 튀어나온 입을 바라보았다. 슬그머니 내 표정을 살피고 있는 박천의 눈빛도 보았다. 그랬어도 나는 송곳에 찔린 듯 뜨끔해진 속내는 드러내지 않으려 애썼다.

퇴근길의 도로는 혼잡했다. 한 번의 신호로 통과되는 교차로는 드물었다. 이러다간 필경 약속된 7시를 맞추기는 어려울 것 같았다.

차가막혀서좀늦을지도몰라

신호 대기를 하던 중에 종희에게 문자 메시지를 보냈다. 전송 완료를 알리는 액정 화면을 보고서 전화기를 조수석에 가만히 내려놓았다. 내가 평소 모험을 즐기는 사람이었던가. 그런 가정만으로도 가슴이 울렁거렸다. 주위의 시선을 진즉부터 느끼고는 있었다. 얼이 빠진 사람으로 치부하며 미묘하게 나를 비웃는 시선은 박천의 것만이 아니었다. 넓은 학교의 숱한 교직원과 학생들 중에서 초등학교 동창을 만나서 사랑에 빠진 나를 이해해 줄 수 있는 시선은 어디에도 없을 터였다. 종희와의 관계는 언제까지나 이어질 수 있을까. 불륜이 아니라고 악을 쓰고 항변할 수 있는지의 물음 앞에서 나는 힘에 부쳤다. 세월의 강을 훌쩍 뛰어넘어 코흘리개 시절의 첫사랑을 만났다 해서 현재의 나를 내던져버리고 그걸 감당하고자 하는 자신이 낯설었다. 두려움의 자리를 비집고 들어앉은 욕망은 어색하게도 당당한 티를 냈다.

신호가 떨어지자 가속페달을 밟으며 아침에 어떤 속옷을 입었는지를 생각했다. 혹시 구멍이 난 메리야스라도 입지는 않았는지, 종희의 손길이 닿을지도 모르는 팬티는 싸구려 마트에서 덤핑으로 산 것은 아닌지를 생각하고 있는데 정작 떠오르지 않았다. 초등학교 때 음수대 옆에서 만난 종희는 내 곁을 떠나지 않았다. 그때는 무엇이든지 쇠붙이 비슷한 것만 눈에 뜨여도 그걸 뽑아내 고물장수에게 팔거나 엿과 바꿔먹던 시절이었다. 내가 나쁜 짓을 하고 있다는 사실을 목도하면서 자신도 그 일에 동조하고 있다는 죄책감이 들었을 텐데도, 종희는 그 자리에 그대로 있었다. 수도꼭지를 힘껍게 뽑고 있는 내 곁에서 한참이나 발을 떼지 못하고 서 있던 종희의 모습을 나는 오래도록 잊을 수 없었다. 오늘처럼 죄를 짓게 되는 현장을 함께하리라는, 가늠할 수 없는 먼 훗날을 예상하기라도 했을까. 그 어린 나이에.

종희의 아버지는 내가 다녔던 고등학교의 국어 선생님이었다. 종희와의 인연은 그래서 우연일 수가 없었다. 어? 종희 아빠가 이 학교의 선생님이라 했는데, 누구지? 고등학교를 배정받은 순간 학교의 이름과 함께 종희가 떠올랐다. 지금에 와서는 오락가락한 기억일 수밖에 없지만 입학한 후 며칠 지나지 않아서였다. 학교의 교문에서 무엇인가를 나누어주고 있는 아저씨를 보고 처음에는 수위로 착각했었다. 검정 뿔테 안경에 멋을 내지 않는 외모, 무엇보다도 재건복 차림 탓이었는데 나중에 국어 시간이 되어서 그분이 교실에 들어왔다. 아니, 저분이 선생님이라니. 놀람은 매일 아침 등굣길에서 계속되었다. 교문에 서서 학생들에게 눈에 띄는 대로 인사를 주고받으며 그분이 나누어주었던 것은 속칭 가리방이라고 불리는, 철필을 긁어서 만든 8절 크기의 신문이었다. 손수 제작하신 듯한, 그분의 외모보다도 더 초라한 필체로 좁쌀같이 박혀있는 글씨들은 제대로 읽어보기조차 쉽지 않은 조악한 것들이었다. 주로 청소년기의 고민과 방황, 찾아야 할 정서나 가치관 같은, 등사기 얼룩만큼이나 따분한 내용이었는데 그분은 무얼 그리 신이 나셨는지 꼭 읽어보라며 즐거워했다. 초등학교 동창들을 통해 그분이 종희의 아버지라는 사실을 알게 되었을 때 조숙한 소년들이 으레 그랬듯이 나는 그분 앞에서만은 얌전한 모범생이고 싶었다.

슬리퍼를 벗어 뺨을 후려갈기는 체벌이 다반사였던 시절에, 그분은 매를 때리기는커녕 화내는 모습조차 본 적이 없었다. 교사가 된 지금도 종희 아버지를 떠올릴 때마다 얼굴이 화끈거렸다. 나는 참을성이 그다지 많지 않았다. 야간 자율학습 시간에 졸고 있는 아이의 가냘픈 어깨를 손바닥으로 후려쳤고 조그만 일에도 쉽게 화를 냈다. 무엇보다도 나를 괴롭히는 아이들은 진저리치도록 싫어했다. 한번 찍힌 놈들은 끝까지 보복을 해야 직성이 풀렸다. 학생 모두에게 베풀어야 할 편견 없는 사랑이라니, 그런 건 실행하기 어려운, 관심 밖의 개념이었다.

또 한 번의 또렷한 기억도 있었다. 당시엔 모든 편제가 학도호국단 중심이었고 학교는 군대식의 사열을 준비하느라 오후 일과를 죄다 소모했다. 교련복을 입고 집총을 한 채 시가지를 행진했다. 봄날의 따가운 햇볕을 받아 학생들의 얼굴은 병사들처럼 그을렸고 검정 모자의 안창이 맞닿은 이마에서는 상처가 돋았다. 숨이 턱밑까지 차올랐으며 뼈다귀에 힘은 모조리 빠져나가 버린 듯했다. 단 몇 초라도 쉬었으면 하는 바람조차도 지쳐 나뒹굴고 있었던 바로 그 거리에서, 나는 종희를 봤다. 종희의 아버지가 다른 학교의 대열에 섞인 한 여학생과 얘기를 나누고 있었는데 그 아이가 바로 종희였다. 어린 시절 종희의 초롱초롱한 눈망울이 단번에 살아났고 내 몸에 매달린 오관의 기능은 비릿한 현기증과 더불어 몽땅 마비되어 버렸다.

언젠가 종희를 만났을 때 고등학교 시절에 시가지를 행진하던 그날을 기억하냐고 물었더니 전혀 알지 못했다. 종희와 나란히 누운 채 지나간 어린 시절을 떠올리는 순간은 행복했다. 고단한 시가지 행진을 모두 소화하고 해산한 후 나는 먼지만 일렁이는 도로를 헤매며 미친 듯이 종희를 찾았다. 종희가 살았던 동네의 고샅길 어귀에서 밤늦도록 서 있었던 경험은 아무것도 아니었다.

열정적이었던 국어 선생님. 큰 입에서 침이 튀어나오는 것도 아랑곳하지 않고 화끈한 수업을 했던 종희 아버지. 박남수의 〈새〉를 가르치면서, 그것이 노래인 줄도 모르면서 노래하는 이유를, 사랑인 줄도 모르면서 서로의 부리를 따스한 죽지에 파묻는 이유를 설명하기 위해서 애썼다. 그의 수업을 들으며 나는 종희를 상상했다.

그리고 세월은 흐르고 말았다. 종희를 만나기 위해 혼잡한 로터리를 빠져나가고 있는 나는, 예전의 종희 아버지처럼 도시락을 노끈으로 매단 채 자전거를 타고 출퇴근하는 소박한 교사가 아니었다. 교사가 된 것만은 분명했지만 열정적이지도 않았고 따뜻하지도 않았다. 아이들을 무작정 미워했고 교재 연구는 귀찮았다. 손바닥으로 아이들의 머리를 툭 건드렸고 발끝으로 정강이를 걷어찼다. 별다른 이유 없이 무시로 그랬다. 빈 시간이면 포털 사이트의 이곳저곳을 기웃거리며 연예인 스캔들이나 이 잡듯이 뒤지고 다녔고 어린 시절의 여자친구와 채팅이나 하면서 그녀와의 잠자리에서 나눌 체위를 상상했다. 아내가 이 사실을 안다면, 동료 교사들과 지인들이 나의 행적을 알기라도 안다면, 하는 묵직한 가정들이 끝막음이 없는 꼬리를 물면서, 야간 자율학습 지도는 더 힘이 들었다. 그러면서도 갈수록 백묵을 잡은 손가락에 힘이 빠져 가는 것을 나도 확연히 깨달았다.

강변 휴게소의 진입을 알리는 이정표가 눈에 들어오는 순간 종희에게서 문자메시지가 왔다. 나는 서둘러 휴대폰의 폴더를 열었다.

카타콤 클럽

9월 6일 저녁, 류신화

"아폴로가 올까?"

해질 무렵부터 상수는 똥 씹은 표정을 지었다. 근린공원의 나무 의자에 앉아서 아폴로를 기다리는 시간은 지루했다. 꾀병을 통한 땡땡이 신공을 부리는 자들 중에 아폴로를 따를 자는 없었으므로 그는 오늘 저녁 야자를 제끼고 반드시 우리 앞에 나타날 것이라고 믿었다.

"올 거야. 아폴로잖아. 분명히 올 거야."

"그렇지. 신화야, 너도 배고프지?"

"믿어. 아폴로는 꼭 온다."

나는 강아지를 데리고 산책을 다니는 한 노인을 바라보고 있었는데, 그 순간 노인과 눈이 마주쳤다. 성성한 백발과는 상관없이 총기를 잃지 않은 눈이었다. 노인을 마주치는 게 불편했다. 한적한 공원에서 무료한 저녁을 강아지와 함께 보내고 있는 저 노인이 우리의 모습을 보고서 무슨 생각을 했을까. 분명히 고등학생으로 보이는 녀석들이 이런 시간에 이곳을 배회하고 있는 이유를 궁금해 했을지 모르겠다. 그런 생각은 낮에 사우나에서도 비슷하게 되풀이되었다. 평일 대낮에 그것도 사우나에서 늘어지게 잠을 자고 있는 고등학생을 바라보는 시선 앞에서 그다지 의연할 수는 없었다. 하루 종일 어떤 공부도 하지 않고 무작정 놀고먹으며 빈둥거리는 게 꿈이었는데.

놀지 못하는 인간은 불행하다고 일찍이 이상(李霜)은 말했다. 놀이가 인간의 본성인데 놀지 못하는 인간은 최소한의 본성조차 실현하지 못하는 불행한 존재들이다. 제대로 놀 수 없는 자들은 그러므로 권태롭다고 했다. 무엇을 가지고 놀아야 하는지, 장난감 하나 없는 고3들에게 놀이라는 것은 엄두가 나지 않는 사치일 뿐이라고 생각했다. 그럴 때마다 나는 스스로를 한심하다고 여겼다.

무지무지 놀고 싶었던 시간이었음에도 나는 모의고사 문제집을 노려보고 있었다. 내가 남느냐 문제가 남느냐의 절박함을 따져 물을 여유도 없었다. 두말할 나위 없이 권태마저

결박당해 있던 시간에 나는 딱 한 가지의 실존적인 문제에 봉착해 있었다. 배가 고팠다. 자율학습 1차시가 끝나면 매점으로 달려가 상수랑 컵라면을 하나씩 때리고 오고 싶었지만 솔직히 시간이 아까웠다. 수능을 앞둔 고3 수험생인데 죽어라 공부하는 수밖에.

볼펜을 뱅글뱅글 돌리고 있을라 치면 졸음이 몰려왔으므로 가물거리는 눈을 비볐다. 문제지의 지문에서 뛰쳐나온 여옥이 속삭였다. 공후를 내게서 앗아가지 마세요. 오늘은 곽리자고에게 너무나 슬픈 얘기를 들었거든요. 미천한 뱃사공의 아내이지만 내 악기는 노래를 기다리고 있다는 걸 알아요. 노래를 부르면 그들의 빗나간 사랑이 해원할 수도 있지 않나요? 잊을 수 없어요. 술병을 들고 강물로 빠져드는 사내. 무엇이 그를 그토록 고단하게 만들었던가요? 당내공하당내공하…… 메아리도 없이 돌아오는 절규는 아직도 내 귓바퀴에 징징거려요. 이제 아시겠어요? 공후를 내게 주세요. 이렇게도 가을 하늘은 청명하기만 한데…….

나는 눈을 감았다. 여옥이 사라진 자리에 고향을 가겠다고 눈밭을 걷는 백화가 다가왔다. 나는 그녀에게 조심스럽게 말을 건넸다. 시린 이를 악물었니? 영달이의 넓은 등짝에 얼굴을 파묻었을 때 비로소 가지런해지던 너의 숨소리. 대폿집 정종 이름으로 팔려와 싸구려 웃음소리를 깍두기 국물 위에 흘리며 목포의 눈물을 부르던 기억들. 이제 지워버려. 산천도 들판도 내려와 너의 작은 발밑에서 다소곳해지는데 귀청을 후비며 달려가는 전라선 완행열차의 기적소리, 낯선 이름의 간이역들. 점례라는 이름을 버린 것처럼 고향도 찾지 말기로 해. 사내의 등짝은 한없이 넓어져 마침내 너를 주저앉도록 유혹하는구나.

나는 언어 영역 문제집을 가방 속에 쑤셔 넣었다. 대신 가방에서 화장지 티슈를 빼내서 코를 힘차게 풀었다. 코 안이 뻥 뚫리기는커녕 오히려 더 답답해졌다.

이상하지? 난 왜 공후라는 악기를 연상하면, 코를 풀고 싶어지지? 상수에게 얘기를 했는데 뒤에서 듣고 있던 아폴로가 참견을 했다. 공후인과 코가 무슨 상관이라고? 공후인이 이 비인후과냐? 그러니까 니놈 언어 영역 성적은 늘 그 팔자야, 븅신아. 아폴로가 코를 벌렁거렸다. 웬 오지랖? 델포이의 신탁이나 잘 가꾸시지. 나는 뒤도 돌아보지 않은 채 단호하게 말했다. 그런 말을 듣기 싫으면, 찌질한 소리를 하지 말든지. 아폴로가 내 등짝을 주먹으로 내리쳤다. 아아. 나는 과장된 비명을 지르며 상체를 숙였다. 아폴로의 킥킥대는 웃음소리가 들리고서야 나는 찡그린 눈으로 뒤를 돌아보았다.

아폴로가 누구인가. 교정 가득히 아카시아 꽃 하얀 이파리가 휘날리고 아폴로 눈병이 들불처럼 번지던 봄날 오월에, 무려 삼십 분 동안 제 눈탱이를 문질러서 기어이 눈병을 쟁취해 낸 조퇴무림의 레전드였다. 벌겋게 충혈된 눈알을 내세워서 기어이 CMC에게 야자 조퇴를 따내고만 투쟁의 화신이었다. 아이들은 그동안 녀석을 지칭하던 개밥통이라는 허접한 별명을 거두어들이고, 그날부터 태양의 신, 아폴로라 불렀다. 녀석은 얼굴 전체를 뒤덮고 있는 여드름의 분화구를 기어이 수면 부족으로 인한 알레르기, 즉 고3병의 일종이라고 박박 우겼다. 남들은 아폴로에게 통사정을 하며 아폴로의 눈곱이라도 분양받아서 제 스스로 전염되고자 애썼지만 아폴로는 제왕처럼 엄숙하게 말했다. 이런 븅신 쉐이들. 뽀대 상하게. 그냥 자기 눈깔을 박박 문지르면 되는 것을.

매일 야자 조퇴를 하며 행복한 표정을 감추지 못하던 아폴로가 어느 날부터 돌연 조퇴를 거부하고 학교에 남겠다고 선언해 버려서 또다시 아이들을 경악의 도가니로 빠뜨렸다. 그런데 그 이유가 조금 서글펐다. 일찍 집에 가서 잠을 자고 있으면 최근에 회사에서 잘린 게 분명해 보이는 아버지가 눈병걸린 자신보다 더 달아오른 눈으로 곤한 잠을 깨우는 게 싫어서라고 했다. 술도 끊고 담배도 끊고 종일토록 집에 있으면서 청소와 설거지를 남김없이 해대는 낯선 아버지를 마주할 수 없다고 했다. 우리 아빠 말이야. 말릴 수 없는 워커홀릭이었어. 그동안 아버지는 고3인 자신보다 더 이른 시각인 새벽 5

시에 출근하여 누구도 따라잡을 수 없는 작업능률과 애사심을 보였건만 회사가 부도나는 바람에 속수무책으로 물러앉을 수밖에 없었다고 했다. 그렇게 말하는 아폴로를 대했을 땐 꼭 다른 사람 같아 보였다.

아폴로가 철들어 보일 때가 다 있네.

아무리 그랬더라도 아폴로는 역시 야자 시간에 조퇴할 핑계거리를 제공하는 데 있어서 타의 추종을 허용하지 않았다. 작년에 야자를 피하기 위해 배수관을 타고 내려가다가 추락하여 다리에 기브스를 하고 등장했을 때 손가락으로 브이 자를 그려 보인 적이 있었다. 야, 오늘은 꼭 야자를 땡겨야 하는데, 좋은 비법 하나만 전수해 줘. 사정하며 달려드는 친구를 아폴로는 실눈을 뜨고 바라보았다. 가련한 중생들. 생각 좀 하고 살자. 그냥 머리 아프다고 하면 CMC가 그걸 믿겠냐? 일단 물구나무를 십분 동안만 서봐. 온몸에 흐르고 있는 모든 피돌기를 얼굴에 집합시키란 말이야. 얼굴이 얼얼하여 마비되었다 싶을 정도가 되면 지체하지 말고 바로 일어나서 달려가 봐. 선생님, 손으로 제 이마 좀 짚어보세요. 불덩이에요. 울먹이는 소리를 내는 순간, 바로 직방이야. 그 정도의 성의는 보여줘야 CMC를 넘어설 수 있는 거야. 알간?

담임이야말로 조퇴를 저지하는 야전사령관이었지만 실제로도 진짜 환자가 속출했다. 시험 때만 되면, 온몸이 쑤시는 노인네처럼 하나 둘씩 사선 바깥으로 나뒹굴었다. 도처에서 기침소리가 났고 코맹맹이 소리가 보태졌다. 두통에다 몸살, 그리고 신경성 장염, 위염에, 잦은 설사까지 교실은 종합병원을 방불케 했다. 오죽했으면 예수는 시험을 피하게 해달라고 기도했겠는가.

하지만 달도 차면 기우는 법. 태양신의 이름으로 손색없었던 아폴로도 말초 선생이 심부름을 시킨 자판기 커피에다 자신의 타액을 떨어뜨린 게 발각되어 운동장을 스무 바퀴나 도는 형벌을 감수해야 했다. 벌써 지난 여름방학 때의 일이었다.

"신화야. 저기 온다, 아폴로."

상수의 표정이 돌연 밝아져 있었다. 나는 상수가 가리키는 방향으로 눈을 돌렸다.

"어? 저건 뭐야? 아폴로 새끼 옆에…… 쟨 또 뭐야?"

아폴로의 곁에서 종종걸음으로 따라오고 있는 아이는 분명 분홍이었다. 아무리 멀리 있었더라도 나는 한눈에 알아볼 수 있었다. 반가움이 왈칵 달려들었으나 한편으로는 이건 아니라는 생각도 들었다.

"아니, 분홍이가 왜……."

낮게 탄식하는 내 목소리는 아무도 듣지 못했다. 적어도 그녀는 지금의 나와는 다른 아이였다. 그녀는 명문대 진학을 목표로 공부에 열을 올리고 있는 얌생이이며, 코앞에 닥친 수시 모집에 응할 거라고 했다. 성적을 직접 확인해본 적은 없기 때문에 알 수는 없지만 나와는 다른 족속인 것만은 분명했다. 그런데 어떻게 알고 이곳에 오고 있을까.

생물 시간에 문제를 들여다보고 있으면 생장 곡선이 보기에 나왔다. 주황색 형광펜이 곡선을 따라 움직였다. 생각해보면 성적도 생장 곡선이 있는 것 같다. 점수를 X축에 놓고 개월 수를 Y축에 놓으면 정확하게 비례해서 올라가기를 희망하지만 과연 그렇게 되고 있는가. 지금 잠을 자면 꿈을 꾸지만, 지금 공부하면 꿈을 이룬다. 아이들의 연습장에서 가장 많이 보는 문구였다. 피할 수 없으면 즐겨라, 라는 말은 잠언이 되어 아이들의 뇌수에 박혀 있다. 피할 수 없으면 즐기라고? 말이 돼? 즐길 수 없으면 피해야지. 아이들의 표현대로라면 자신의 학습 의지를 상승시킬 수 있는 최적의 구호 같지만 내 눈에 보이는 녀석들은 추풍낙엽 바로 그 자체였다. 추풍낙엽이라니. 가을이 가면 겨울이 다가올 텐데. 계절의 순환이 이렇게 끔찍할 수가 없었다.

"야, 류신화."

"미쳐 뒤집어지겠네. 여길 어떻게 왔어?"

"열공 폐인 되시겠다던 적이 언제인데, 이 꼴이 뭐야?"

분홍이가 눈동자에 힘을 주어 나를 째려보았다. 분홍이는 나를 보자마자 자신의 휴대폰의 플립을 열더니 내가 보냈던 문자 메시지를 보여주었다.

드뎌 열공모드 돌입 ㅋㅋ

나는 멋쩍은 웃음을 흘리고 말았다. 공부다운 공부를 해보겠다고 작정한 후 출사표를 던지듯 분홍이에게 문자 메시지를 보냈다. 하지만 즉각적인 답장은 없었다. 그동안 강력하고 열정적인 포스를 보여주지 못했다며 나를 무시하는 듯했다. 분홍이는 나를 믿지 않는 게 분명했다. 그녀의 미니홈피에 들어가 몇 마디의 각오를 더 나불거렸지만 역시 댓글조차 없었다. 문자 메시지를 확인한 뒤 겸연쩍어 하는 나에게, 여드름의 잔해가 목덜미까지 내려온 아폴로가 큰 입을 열어 말했다.

"신화 이 새끼는 왜 휴대폰을 꺼놓고 난리래? 전화는 상수한테만 시키고, 지는 뭣 땜에 잠수 타는 척하냐고? 이렇게 뻔히 발각될 거면서……. 학교 안 나오는 게, 무슨 독립운동 같은 거야?"

엄마와의 통화가 싫어서 휴대폰의 전원을 꺼버리고 싶기도 했지만 사실은 배터리가 바닥나버렸다. 적당한 때를 봐서 충전하려고 생각했는데 다급하지는 않았다. 하지만 그런 얘기를 세세하게 할 기분이 아니었다. 아폴로만이 커다란 입으로 연신 떠들었다.

"시엠시는 너희 두 놈 땜에 지금 팍 돌아 있거든. 하지만 내가 누구냐? 아폴로가 아니냐? 시엠시한테 조퇴를 받아 열나게 학교를 빠져나오지 않았겠냐? 근데 담벼락에서 붙어 있던 분홍이가 사뿐히 걸어오는데 우와, 이 머리카락에서부터 나오는 광채를 보고 나는 천사가 강림한 줄 알았다."

분홍이는 내가 학교에 안 갔다는 사실을 알고 휴대폰 통화를 시도했으나 전혀 이루어지지 않더라고 아폴로처럼 볼멘소리를 했다. 무슨 까닭인가 견딜 수 없어서 야자도 던져버리고 무작정 학교로 찾아올 수밖에 없었다고 했다. 아무나 붙들고 묻다보면 나를 찾을 수 있을 거라 믿었다는데 할 말이 없었다.

"눈물 나는구먼."

내가 딴청을 부리며 돌아섰을 때 상수는 누군가와 전화 통화를 하고 있었다.

"니놈들이 날 찾을 때가 다 있더라. 내가 잠시 감격한 나머지 네가 시키는 대로 다 했다. 아냐, 임상수, 여기 있다."

아폴로가 주머니에서 꼬깃꼬깃 구겨진 만 원짜리와 천 원짜리 지폐들을 끄집어냈다.

"왜 이것밖에 안 돼?"

전화 통화를 끝낸 상수가 그걸 보더니 도끼눈을 떴다.

"이것도 많은 줄 알아, 새꺄. 이리저리 빌리느라 죽을 용을 썼구만 그래. 대신 밥은 니가 사라. 배고파 죽겠다."

"어딜 가지?"

"비 올 것 같지 않니? 어디라도 일단 들어가자."

분홍이가 앞장서서 걸었다. 우리는 어깨를 늘어뜨리고 분홍이를 따라갔다.

아폴로에게 돈을 부탁해 보자는 의견은 상수가 냈다. 일요일 오후로 예정되어 있는 청소년수련관 공연은 하늘이 두 쪽 나도 참가할 거라고 했다. 일요일 아침이면 카타콤 클럽에 사람들이 몰려오겠지만 오늘은 아무도 없으니 오늘 밤에도 그곳에서 보낼 수는 있었다. 하지만 견딜 수 없이 배가 고팠다. 뿐만 아니라 앞으로의 시간에 대한 계획이 전혀 잡히지 않았다.

카타콤 클럽에서 잠을 깬 뒤 맞이했던 오늘 새벽은 구차하기만 했다. 낡은 소파에서 새우처럼 웅크린 채 잠을 청했지만 낯선 환경이 주는 불편함은 예상보다 컸다. 카타콤 클럽을 벗어난 아침은 평소 같지 않았다. 세상은 온통 먹빛으로 바뀌어 있었다. 학교에 가는 것을 포기하는 대신 상수를 이끌고 또다시 팬시 누나한테 갔다. 처음과는 달리 팬시 누나는 그다지 놀라거나 반가워하지도 않았다. 웬일인지 조금은 싸늘한 냉대마저 느껴졌다. 괜히 찾아왔다는 후회와 불편함이 엄습했지만 팬시점에서 나올 수가 없었다. 깊은 수렁에 빠진 것처럼 잠이 몰려왔기 때문이다. 에라, 모르겠다. 상수와 나는 팬시점에 딸린 작은 방에서 나란히 뻗어 버렸다. 몹쓸 꿈도 꾸었다. 팬시 누나가 내 허리띠를 풀고 팬티를 벗겼는데 하필 그 순간, 상수에게 들켜버렸다. 잠에서 깨어보니 오후가 되어 있었다. 팬시 누나가 끓여준 라면을 먹으며 못된 놈들이라는 욕까지 덤으로 얻어먹었다.

학교에 돌아가고 싶은 심정이 내게 남아 있기는 한 것일까. 불감청일지언정 고소원이라고, 속내를 들킨 사람이 되기 싫어서 딴청을 피우고 있을 때 분홍이가 말했다.

"학교에 가지 않는다면 뭘 할 건데?"

뜨악하게 묻던 분홍이가 갑자기 돌변하더니 제발 내일은 학교에 가라고 매달렸다. 엥? 이게 갑자기 웬 애원 모드? 나는 젓가락을 탁자에 내려놓고 물을 한 모금 마셨다. 아폴로가 입 안이 터지도록 밥을 몰아넣은 채 말했다.

"내게 좋은 생각이 있어. 니들, 제주도로 가봐라. 거기 감귤밭 농장에 인력이 부족해서 난리가 아니라더라. 거기 가면 귤은 실컷 먹을 수 있을 거 아냐?"

"지랄하네, 미친 새끼."

상수가 수저를 들어 아폴로를 때리려고 했다. 분홍이가 밥을 먹다 말고 입을 가리고 웃었다.

"그러니까, 이젠 뭐 할 거냐고? 밥 다 먹으면 당장 어디로 갈래?"

아폴로의 물음에 상수가 지체하지 않고 대답했다. 그의 눈이 동그랗게 빛났다.

"소주 마실까?"

"어디서?"

"어디긴. 어젯밤에 소주 마시고 잤던 곳이지."

"어딘데?"

"카타콤 클럽."

식당에서 나온 뒤 우리는 밤길을 걸어갔다. 밥값은 분홍이가 계산했으니 술은 우리 돈으로 사야 한다며 상수가 호기를 부렸다. 술 사는 것은 문제가 없었다. 나이 들어 보이는 아폴로가 교복을 벗기만 하면 됐다. 분홍이와 나란히 길을 걸으며 오랜만에 편안함을 느끼고 싶었다. 집을 떠나 있는 것도, 학교에 가지 않는 것도 쉬운 일은 아니구나. 부정하고 싶은 사실일수록 집요하게 달려들었다. 뒤처져 따라오는지, 상수와 아폴로의 떠드는 목소리가 조금씩 멀어졌다.

"오늘 낮에 피시방에서 니 홈피에 들어갔었어."

"그딴 소리 하지 말고, 학교에 갈 거니? 안 갈 거니?"

분홍이가 슬그머니 내 허리를 꼬집었다. 학교에 가겠다고 대답하기 전까지는 놓지 않겠다는 듯이 계속 그렇게 하고 있었다. 나는 몸을 뒤틀었다.

"왜 그래? 내 엄마라도 돼?"

나는 분홍이에게 짜증을 부렸다. 학교에 가지 않는 동안, 학교는 나에게 습관이 얼마나 무서운 것이라는 것을 알게 해주었다. 평소 무심히 봤던 것들은 너무나 싫은 것들이었다. 하지만 그것들로부터 떠나 있는 것 또한 힘겨웠다. 기억하지 않으려 해도 자꾸만 떠올랐다. 긴 복도의 끝이 떠올랐고 네모난 창문과 그 안의 정적들이 살아났다. 그곳에는 촌각마저 멈추게 하고, 시간과 사투를 벌이던 안쓰러운 얼굴들이 있었다. 제대 날짜를 지워나가는 병사처럼 디데이라는 걸 정하고 서로의 어깨를 어루만지던 친구들의 얼굴들이 떠올랐다.

언젠가 CMC가 말했다. 고3은 말이야. 딱 1년 동안만 SM이 되어야 하는 시기야. 그게 뭔데요? 이런 새대가리 새끼들, Study Machine, 그것도 몰라? CMC는 아이들을 점수 따는 공부 기계로 보았을지 모른다. 인권은 호사이며 여가는 사치인, 누가 시키지 않아도 감수성 따위는 억누를 채비를 스스로 갖춘, 딱 1년만은 세상세파를 가슴으로 생각하는 것만은 유보해버린 아이들을 원했을 것이다. CMC의 바람대로 아이들은 모두 SM이 되었다. 그의 기대와는 달리 Sleeping Machine이 되어서, 그게 탈이지만.

자율학습 수칙은 성문법이 되어 교실 뒤편에 붙어 있다. 졸지 않는다. 말하지 않는다. 돌아다니지 않는다. 오늘 문제는 오늘 풀어야 한다. 그곳에서 앉아 있었던 나는 무엇이었는가. 끌려온 소들에게 물을 먹여보겠다고 고삐를 당기는 선생들에게 잡혀서, 위선이야 아우성치면서도 또 하나의 위선을 가르치는 선생들의 타성을 힘겹게 용납해야 했다. 아이들의 소망은 한없는 무기질의 수면 아래로 가라앉고 있는데 열네 개의 형광등이 그들의 파리한 등짝을 비추고 있다. 책상 위에 고단하게 드러누운 낙서들, 결전, 디데이, 점수, 대학, 이토록 초조한 시간들이란.

포스트잇에 빼곡하게 적혀 있는 일일 계획들, 교실 벽면에는 D-Day 달력이 유령처럼 붙어서 아이들의 숨통을 조이고 있다. 벗어놓은 안경에 도수마저 잠들어 있는 책상 위, 헤어젤과 손거울이 들어 있는 가방 옆구리, 형광펜이 그어져 있는 모의고사 일정표, 사물함 위에 던져진 아스날 유니폼과 나이키 축구화, 그것들에서 풍겨나는 거북한 땀 냄새, 대형 LCD TV, 암막커튼이 달린 유리창 뒤로 숨어버린 가을 햇살, 그리고 시작과 끝을 알리는 종소리가 어김없이 울려 퍼지는 바로 그곳.

"그래도 학교엔 가야 하지 않니? 얼마 남지도 않았지만, 우린 아직 학생이잖아."

분홍이는 정말 엄마 같은 말만 했다. 그 순간 엄마의 얼굴이 떠올랐다.

"안 가. 아니, 못 가. 당장엔 못 가겠어."

"말해봐, 류신화. 학교에 안 가는 진짜 이유를."

분홍이가 걸음을 멈추더니 작정한 사람인 양 얼굴을 내 앞으로 내밀었다. 불편하고 부담스러웠다. 나는 분홍이의 등을 떠밀어 다시 걷게 했다.

"어제도, 오늘도, 사실은 그 생각만 하고 있어. 내가 왜 학교에 가지 않았을까? 무엇이 학교 가는 내 발걸음을 가로막았을까?"

"그런 날도 있는 법이라거나, 만원 버스 같은…… 말도 안 되는 핑계 대지 마. 믿지도 않았지만."

"생각해 봤는데…… 엄마 때문인 것 같아."

"엄마?"

"응, 울 엄마."

"그게 무슨 말이야? 엄마 때문이라니."

"하여튼, 그래. 나도 잘 모르겠어. 하지만 분명한 것은, 엄마를 볼 면목이 없다는 것. 다른 건 몰라도 그건 견딜 수 없어."

내 말을 수긍할 수 있다는 건지, 분홍이는 가늘게 고개를 끄덕였다. 내 처지가 그랬다. 그간 내신은 관리를 못했기 때문에 기대할 게 없으니 좋은 대학을 가려면 수능에서 승부를 내야 했다. 나는 엄마 아빠의 희망이 무엇인지를 잘 아는 아들이었다. 두말할 나위도 없이, 나도 좋은 대학을 가고 싶다. 대학 얘기만 나오면, 엄마는 밥을 먹다가도 쿡, 하고 울음을 터뜨렸다. 차라리 성적표를 앞세운 채 달달 볶으며 괴롭히기라도 한다면 대범하게 웃고 넘어갈 수도 있다. 넌 왜 그 정도밖에 안 되는 거냐, 대놓고 호통이라도 치든지, 덩치에 어울리지 않게 아무 말도 못하고 속울음만 삼키고 있는 엄마를 나는 마주할 수 없다. 엊그제 치른 모의고사 점수는 역사상 최악이었다. 그날 밤, 소주를 퍼마시고 남몰래 울어봤지만 달라진 건 없었다. 앞으로 달라질 가능성도 없다. 남은 두 달 동안 점수가 상승하리라는 기대를 엄마에게 심어줄 수 없다면…… 나는 세상에 존재할 가치도 없다. 내가 나를 가장 잘 알았다.

"얼마 남지도 않았지만, 우린 학교를 가야 해. 그게 우리가 할 일이야. 다른 말은 필요 없어."

엄마 같은 소리만 하는 분홍이에게 더 이상 아무 말도 하고 싶지 않았다. 자칫하면 울보처럼 울어버릴지도 몰랐다. 나는 가능하면 엄마를 떠올리지 않으려 했다. 엄마를 생각한다는 것 자체가 힘겨웠다.

"분홍아. 첨엔 몰랐는데…… 난 학교가 점점 괴물로 보여. 돌아버릴 지경이야."

"수능 시험을 봐야 하잖아. 수능은 우리에게 선택의 문제

가 아니라 반드시 거쳐야 할 관문 같은 거 아니니? 원서까지
다 써놓고 안 보겠다면, 그런 바보짓이 어딨어?"

다소곳하게 걷는 분홍이의 발걸음이 너무도 단정해 보였
다. 나는 곁눈으로 힐끗 그녀를 훔쳐보았다. 봉긋하게 솟아
있는 가슴이 눈에 들어왔다.

"누가 뭐래? 내가 수능을 안 본댔니?"

나는 분홍이에게 수능이 오늘로 며칠이나 남았느냐고 물
어보려다가 그만두었다. 수능이라는 말만 나오면 울렁증에
걸린 환자처럼 가슴이 뛰었다. 나에게도 수능 시험을 볼 날이
찾아올까. 12년의 학교생활을 결산하고 마침내 다른 세상으
로 뛰어들 수 있는 자격을 획득할 수는 있는 걸까. 수능시험
이 끝나면 어제 떠올랐던 해는 이제 똑같이 뜨지 않을 것이
다. 언제 그런 일들이 있었냐는 듯 시험은 정말 거짓말처럼
끝나버릴 것이다. 그리고는 무슨 일이 일어날까. 수능이 끝나
면 무얼 해야 할까. 무작정 시내를 걷고 있다든지 영화관을
전전하는 내 모습이 떠올랐다. 요즘 들어 유난히 보고 싶은
영화가 많이 개봉되었는데 지금은 영화를 볼 수가 없다. 돈이
없어 영화관에 갈 수 없다면 케이블 티브이 영화 채널이라도
독점하여 하루 종일 영화 프로만 보고 싶다. 어떤 영화에서나
상투적으로 볼 수 있는, 절망이 어느 한순간에 희망으로 바뀌
는 그런 사기극 같은 반전 스토리를, 모르는 척하며 인정해

줄 수도 있다. 현실에서는 그런 일이 존재하지 않는다는 것을 알고 있기 때문에.

선배들의 말은 달랐다. 수능이 끝나면 하고 싶은 것들이 아무리 많다 해도, 막상 수능이 끝나고 나면 할 수 있는 게 아무것도 떠오르지 않는다고 했다. 뿐만 아니라 오직 수능 점수만이 큰 산이 되어 앞을 가로막는다고 했다. 자신의 성적에 만족해 할 수험생이 어디 있겠는가. 숙명으로 여기고 그냥 내 점수를 보듬고 가야지. 그런 얘기를 듣고 망연자실하고 말 친구들의 눈빛들. 절망의 빛깔은 가늠할 수 없는 담장 너머로 몰려갈 것이다. 가슴 밑바닥에서 밀고 올라오는 한숨을 짓누르면, 얼굴을 들 수 없고 말을 붙일 수 없는 형벌의 시간들이 서서히 숨을 고르게 될 것이다.

언제인가 아자개가 아련한 눈을 열고 창밖을 보며 말했다. 수능이 끝나면 못난 놈들이 꼭 나온다. 시험을 못 봤다고 상심할지도 모를 너희들에게 이런 말을 해서 위안이 될지는 모르겠지만, 수능시험은 말이야. 너희들의 앞날에 무한히 펼쳐질 숱한 고난의 시험들 중 고작 하나일 뿐이야. 너무 크게 생각하지는 말아라. 수능 점수가 발표되고 나서 자신의 이름 아래에 매겨진 숫자가 인생의 전부인 양 여기고 인생을 쫓쳐 버리는 아이들처럼 바보는 없다. 그러니 수능이 끝나더라도 제발 마음 약하게 쫄지는 말라는 말이다.

아자개가 진정으로 수험생의 심정을 이해할 수 있을까. 가슴 안에서 넘쳐나는 자유는 한 발짝도 떼지 못한 채 환절기의 기침소리만 메마른 쇠북소리가 되어 유리창 밖으로 뛰쳐나가고 있는데, 그 안에 수인처럼 갇혀 있는 아이들의 심정을 그는 짐작이라도 할 수 있을까. 움츠러든 아이들의 목선 앞에 떨어져버린 오지선다의 답들. 답을 잘 맞춰내는 것만이 세상살이의 능사가 아니라면 이제는 가슴을 쓸어내리고 좀 쉬었으면 좋으련만. 피로한 육체와 영혼을 달래고 이제는 좀 쉬었으면 좋으련만. 더 넓은 배경의 세상은 진정 있기나 한 것일까.

친구들은 앞으로의 운명을 자신들 앞으로 끌어당길 수 있을지 두려워한다. 저마다 청년 모세가 되어 시나이산을 넘어가려 하겠지만 정작 아무도 손잡아주지 않는다. 아무리 그렇더라도 가슴 안에 폭삭 내려앉은 기대가 켜켜이 가라앉더라도 이제는 자신의 손으로 땅을 짚고 자신의 발로 서야 하는 것을 알면서도, 그걸 겁내고 있다. 차가운 초겨울의 마른 바람을 헤치고 새벽 시험장으로 향하는 그 첫 마음을 기억할 수나 있을지 모르겠다. 질문지를 읽고 다섯 개의 답지 중에서 딱 하나만 골라내기 위해 온갖 잔머리를 굴리게 될 것이다. 시험은 끝나버릴 테고 자신이 얻어낸 숫자만큼이나 스스로를 비관하며 우울해할 시간이 찾아올 것이다. 학생이란 시기가 매력적인 것은 불확실한 미래가 있기 때문이라는데 오히려 그 불확실한 미래 때문에 벌벌 떨고 있다.

수능이 끝나는 날, 비가 내렸으면 좋겠다. 힘겨웠던 지난 시간들의 얼룩을 모조리 씻어버릴 수 있을 것이다. 그리고 첫 눈이 내릴 것이다. 날이 저물면 벗들을 만나 소주를 마실지도 모르겠다. 비로소 눈뜬 어른 흉내에 돌입해도 좋겠다. 이제는 정말 어른이 되는 것이니. 서투르게 취한 언어를 주고받으며 지금 순간에는 느끼지 못하겠지만, 이렇게 해서 청소년기와 작별할 것이다. 안녕이라고 손을 흔들 것이다. 악몽이었을지도 모를 고3 시절과 이제는 진정 결별할 것이다. 수능이 끝나고 나면.

서해 바다로 떠날지도 모르겠다. 오른쪽에 푸른 바다를 끼고 핏빛 노을이 넘어가는 무명의 국도를 걷고 싶다. 붙잡으려 해도 흘러가는 것은 시간. 가만히 있어도 찾아오는 밤. 동행한 친구와 밤바다에 앉아 깡소주를 마실지 모르겠다. 우리에게 허락된 자유가 있다면 그것은 단단한 미래일 수 있지만 노출된 위험일 수도 있다. 비상하는 괭이갈매기를 따라 날지 못하도록 세상을 향한 분노와 욕망을 매달아둘 것이다.

손을 흔들 것이다. 청소년기여 안녕. 숱한 암기사항들도 이젠 안녕. 수학 정석도 영어 단어장도 안녕, 무심한 깜지들도 갈기갈기 찢긴 채 안녕. 가능한 먼 곳으로 던져버릴 것이다.

인권도 메마른 학교여, 제도 교육이여, 정말 안녕. 익숙하지 않은 소주 맛처럼 세상은 잠시 비틀거릴 것이고 기고만장한 소수의 범생이들은 나뭇잎 배처럼 멀어질 것이다. 아폴로는 다프네와 같은 첫사랑을 만날 것이고 상수네 밴드는 대학생 락커가 될 준비를 갖출 것이다.

서른다섯 개의 책상과 서른다섯 개의 의자에 세팅되어 앉아 있던 서른다섯 명의 친구들. 비실비실 맛이 가 있는 것 같았지만, 병신 쪼다라는 소리를 밥 먹듯이 들었던 친구들이지만, 곧 스무 살을 맞이한다. 스무 살은 먼 미래에 오는 것이 아니라 날만 밝으면 곧장 온다. 푸르고 희망찬 청춘의 날들이 숨죽이며 다가온다. 아자개의 말처럼 홍역처럼 치러낼 수능시험이 세상을 결딴낼 것처럼 호들갑을 떨지만, 그렇지 않을 것이다. 지나보면 그게 전부가 아니라는데, 더 큰 세상이 우리 앞에 펼쳐져 있다는데, 동녘 하늘에 희망이 떠오르는 것처럼 우리의 스무 살을 힘껏 끌어당길 수 있을까.

"학교가 괴물이라니……. 넌 비겁한 겁쟁이야."

분홍이가 걸음을 멈췄다. 거리의 네온사인 불빛이 그녀의 작은 어깨 위에 내려앉아 있었다.

"날마다 학교 가는 게 너무 힘들었는데, 사실은…… 학교에 가지 않는 것도 쉽지만은 않더라. 즐거운 건 역시 아무것도 없어."

"그러니까 넌 어른이 못 되는 거야. 지금 무엇을 해야 하는
지 판단을 못하는 아이잖아. 정말 이럴 시간이 없어. 시간이
아깝잖니?"

분홍이의 목소리가 이상했다. 보도블록 위에 나뒹굴던 쓰
레기 비닐봉지가 바람에 휩쓸려 저만치 사라져 갔다.

"지금 우는 거야?"

분홍이의 눈가에 맺힌 눈물을 확인하고서야 걸음을 멈췄
다. 울고 싶은 사람은 나인데……. 가슴 안이 터져버릴 것처
럼 뜨겁게 차올랐다. 나는 분홍이에게 한 가지 제안을 했다.
그녀가 코를 훌쩍이며 나를 바라보았다.

"학교에 가야 한다면, 조건이 하나 있어."

"무슨 조건?"

"내가 학교에 가는 조건."

"뭔데?"

"유치하다고 욕하진 마."

"알았어."

"가슴 한 번만 보여줘."

"뭐?"

"보여준다고 약속했었잖아. 소원이야, 딱 한 번만."

"미쳤니?"

"보여주면 학교에 갈 거다."

"그딴 게 조건이야? 너 진짜 웃기는 애다."

분홍이가 한 발짝 옆으로 물러섰을 때 그 자리를 비집고 들어온 사람은 상수였다.

"웃기는 정도가 아니라 이건 뭐 완전 저질 새끼잖아. 머리에 똥만 가득 차가지고…… 이 변태 새끼, 말하는 것 좀 봐."

상수가 낄낄거리며 내 옆구리를 찔렀다. 아폴로도 내 얘기를 들었는지 여드름이 퍼져 있는 얼굴을 모조리 일그러뜨리며 따라 웃었다.

"하여튼 비겁한 새끼들. 그걸 또 엿듣냐?"

나는 상수를 발로 걷어찼다. 분홍이가 가방을 열고 손수건을 빼내어 눈물을 닦는 동안 우리는 슈퍼를 찾았다.

가게를 다녀온 아폴로의 손에 비닐봉지가 들려 있었다. 소주와 쥐치포, 그리고 담배를 펼쳐보며 어제와 똑같은 반복을 하고 있다는 생각이 들었다. 모레는 상수네 공연이 있다 치더라도, 내일은 당장 무엇을 해야 할지, 아무리 그렇더라도 팬시 누나에게 다시 갈 수는 없을 것 같았다. 따분하고 무의미한 반복이 싫었다. 돌아다닐 돈이 없었고 무엇보다 어김없이 배가 고팠다.

"틀에 박힌 건 정말 싫은데, 죽이 되든 밥이 되든 빨리 수능이나 끝나고 하루 종일 음악 듣고 기타 연주만 하면서 살고 싶어. 근데 이게 뭐냐. 쪽팔리게."

상수는 엉뚱한 푸념만을 나열했다.

"그래, 넌 하루 종일 기타나 쳐라. 난 나른하게 자빠져 구경이나 해야겠다."

나는 손가락을 펴서 상수를 가리켰다. 그 순간 빗방울이 떨어지기 시작했으므로 걸음을 재촉하지 않을 수 없었다. 상수의 웃음소리가 잔뜩 찌푸린 밤하늘에 공허하게 흩어졌다. 우리는 카타콤 클럽을 향해서 달리기 시작했다.

작고 야윈 무릎

9월 7일 저녁, 상수 아빠

나란히 늘어선 맥주 컵 위에 아슬아슬하게 세워져 있던 양
주잔이 도미노처럼 쓰러졌다. 곧바로 탄성이 터져 나왔고 학
생부장이라는 자가 사람 수에 맞추어 한 잔씩을 돌리더니 악
을 쓰듯 말했다.

"자아, 마시자고. 어이, 대균이, 마시자니까."

잔을 치켜든 학생부장이 안대균이라는 자에게 말했다.

"아이 참, 폭탄에는 제가 워낙 약하거든요. 잘 아시잖아
요."

안대균이라는 선생은 처음부터 머뭇거리기 위해서 이 자
리에 온 사람 같았다. 수인사를 나눌 때도 머뭇거렸고, 머리
숙여 건넸던 술잔을 받을 때도 머뭇거리기만 했다. 재수 없는

자식. 하는 행동마다 꼭 정나미 떨어지게 만드는구만. 나는 잔을 들어 원샷으로 마셔버렸다. 환갑이 다 된 홍문기 선생도 저렇게 잘 마시는데 젊은 놈이 빼는 척하기는. 나는 안 선생이란 자에게 잔을 권하는 일은 다시 반복하고 싶지 않았다.

횟집에서 나왔을 때 노래방으로 자리를 옮기자는 제안을 한 사람은 학생부장이었다. 어떻게든 화해의 절차가 필요하다며 홍 선생이 주선한 오늘의 술자리를, 한사코 거절했다는 학생부장의 말은 이제 와서 믿을 수가 없다. 누구보다도 음식을 잘 먹었고 말이 많았으며 술잔을 피하지 않았다.

지난봄에 상수 담임과 만났던 경험이 확실히 효과가 있었다. 회사의 법인카드를 사용했으므로 비용에 대한 부담은 없었으나 늙은 담임을 상대해야 한다는 것은 달갑지만은 않은 일이었다. 하지만 막상 만나보니 상수 담임은 막힌 사람이 아니었다. 시간이 흐르면서 많은 술을 마셨는데도 조금의 흐트러짐도 없었다. 자리를 옮긴 술집에서는 상수에 대한 걱정을 주고받았다. 갈수록 먹고살기 힘든 세상인데, 상수의 기타 연주가 험한 세상의 다리가 될 수 있느냐는 의문에 대해서는 서로들 입을 다물어 버렸다. 양조장의 걸레처럼 흠씬 술에 절어서 집에 돌아온 나를 보고 아내는 의아해 했다. 상수 담임은 선생들 중에서 제일 나이가 많은 사람이라는데 무슨 술을 이렇게 많이 마셨어? 나는 넥타이를 벗어던지며 가물거리는 눈꺼풀을 힘겹게 열었다. 무슨 소리? 이제부터 상수 놈 걱정은 안 해도 되겠어. 우리보다 상수를 더 많이 염려하고 챙기는 사람이 있더라니까.

하지만 오늘은 달랐다. 처음부터 안대균이라는 선생의 눈치를 살피지 않을 수 없었다. 자칫하면 대역 죄인으로 몰릴 판국이었다. 어떤 선생이 되었든지 나는 무릎을 꿇고 술을 따랐고 무릎을 꿇고 잔을 받았다. 상수 아버지, 왜 이러세요. 편히 앉으세요. 그들은 하나같이 술병을 잡은 채 술을 따르는 것을 만류하며 불편해 했지만, 편하게 앉아서 잔을 받는다는 것도 불편하기는 마찬가지였다. 작고 야윈 무릎이라도 감출 수 없었다. 제가 아들놈을 잘못 키웠습니다. 그놈의 성질머리를 어떻게 고쳐야 할지, 부모 속을 썩이는 것으로도 모자라 학교에서도 사고를 치고 다니니 말입니다. 나는 머리를 조아렸다. 입에서 쓴물이 올라왔고 속은 까맣게 타들어갔다. 학생부장이 와이셔츠 소매를 걷으며 말했다. 무슨 말씀을요. 상수 아버지가 화를 푸셨다고 하니까 얼마나 다행이던지……. 홍선생님께서 가운데서 애 많이 쓰셨어요. 며칠 동안 잠도 못 주무셨다잖습니까? 이렇게라도 두 분이서 화해를 하시고 해결이 잘되어야…… 이게 순리지 않겠습니까. 어휴, 어제까지만 해도 교장 선생님 역정이 대단하셔서 일이 이런 식으로 풀릴지는 상상도 못했거든요. 그런데 웬일인지 오늘 아침에는 분위기가 확 바뀌었더라니까요. 그럼요. 학생을 징계하기보다는 어떻게든 선도를 해야지요. 그래서 선도위원회라고 부르는 것 아닙니까. 학생부장이 술병을 들어 홍 선생의 빈 잔을 채웠다. 그렇습니다. 말로 표현하기 좀 그렇습니다만, 학생이 교사를 폭행했다…… 뭐 이런 식으로 알려져 있기 때문에 어떤 식으로든 징계 절차를 밟아야 했거든요. 일주일 교내 봉사라면 그리 과한 결정은 아닙니다. 어디 학교생활기록부 같은 데에 기록이 남는 것도 아니고요. 수능이 얼마 남지 않았으니까 이곳저곳 청소 좀 하고 다니다 보면 일주일은 금방 지나가 버려요. 홍 선생은 오늘 오전에 열렸다는 선도위원회 결과를 설명했다. 그들이 내뱉는 말들이 온전히 내 귀에 들어오지는 않았다. 그나마 다행이라는 안도의 한숨을 과장되게 내보내는 걸 보면 이 자리에 나오기 전에 혹시 미리 짜고 온 대사를 말하고 있는 게 아닌가 하는 의구심이 들 정도였다.

그랬어도 안대균이라는 자의 표정은 풀어지지 않았다. 선도위원회의 결과를 통보하기 위해 전화를 걸어온 홍 선생은 당장 오늘 저녁에 만나자고 사정했다. 지난 일들을 한시라도 빨리 잊어버리기 위해서도 늦출 수 없는 일이라며 강권했다. 그래야만 진정으로 매듭이 풀릴 것이라고 졸라대는 통에 더 이상 미룰 수도 없었다. 안 선생을 고소하겠다고 분통을 터뜨렸던 처음 통화 때처럼 고집만 부릴 수는 없었다. 나는 오직 상수만 생각하기로 했다.

　시간이 흘렀고 몇 순배의 술잔이 돌고 나서 저마다 조금씩 취해갈 무렵이 되어서야 겨우 안 선생이 입을 열었다. 제가 못난 탓이지요. 제 잘못이 분명합니다. 상수를 때리고 나서 사실 저도 맘이 편치 않았습니다. 상수 아버지께서 상수 이빨을 다 뽑아버리고 고소하시겠다며 역정을 내신다는 말씀을 듣고 생각을 많이 했습니다. 신문 기자는 자꾸 전화를 해대지, 아이들은 수군거리지, 교장 선생님 뵐 염치도 없고, 정말 미치겠더라고요. 이건 뭐, 경험해 본 적이 없는 일을 당하다 보니…… . 제가 서툴렀어요. 이런 일을 벌이지 않았어야 하는데, 이미 일은 터져버렸고, 어떻게 수습해야 하나 고민하고 있던 참인데, 상수 아버지께서 맘을 활짝 열어주시고 이런 자리까지 마련해주시니, 얼마나 다행스럽고 고마운지 모르겠습니다. 사전에 정해진 시나리오를 읽듯이 그의 목소리는 굳어 있었다. 형식적인 절차 같아서 속으로는 쓴웃음이 나왔지만 나는 하고 싶은 말을 꾹 눌러가며 머리를 숙였다. 주위 선생님들이 상수 아버지를 꼭 만나야 한다고 해서 이 자리에 나오긴 했지만, 사실은 교직을 그만두어야 하지 않나 우려도 했어요. 사건이 났을 때 바로 사직서를 낼까 생각도 했고요. 안 선생은 눈물까지 글썽였다. 그 자식, 엄살 하나는 특급이네. 나는 다급하게 그의 빈 잔에 술을 채웠다.

그깟 일을 가지고 내 아들을 죽이려 들면 나도 가만있지 않겠어요. 학교를 내가 그냥 둘 것 같아? 상수도 많이 맞았다던데, 당신들 모가지가 몇 개씩이라도 돼? 맨 처음 담임에게서 전화가 왔을 때 큰소리부터 쳤던 게 머쓱해지고 말았다. 홍 선생은 말을 많이 하는 사람이 아니라는 것을 나도 잘 알았다. 봄에 만났을 때도 그랬지만 전화 속의 그의 말에는 거추장스러운 군더더기가 없었다. 지난 만남에서 다져놓은 따뜻했던 우의는 한순간에 날아가 버리고 막말 투의 거친 언사를 내뱉고 보니 민망하기는 했다. 하지만 어쩔 수 없는 일이었다. 학교에서 상수를 내치려 한다는 느낌이 실체를 가지고 달려들었기 때문이다. 그랬는데 어느 순간부터 홍 선생은 말을 하지 않았다. 수화기 너머의 정적은 사태를 더욱 불안한 상황으로 몰고 갔다. 여보세요. 전화를 끊어버렸나 싶어서 더욱 고조된 억양으로 상대를 불러댔다. 듣고 있습니다, 상수 아버지. 말씀하세요. 그는 침묵 속에서 내가 내지르는 막말을 듣고 있었다. 그 순간, 전화 통화의 정황을 눈치 챈 아내가 도끼눈을 뜨고 성화를 부렸다. 지금 미쳤어? 적반하장이 따로 없네. 선생을 때렸다잖아. 손발을 싹싹 빌어도 시원치 않을 판에 오히려 큰소리를 쳐? 당신, 제정신이야?

나는 홍 선생의 빈 잔에도 술을 따랐다. 거, 전화로는 제가 결례했습니다. 이젠 다 푸십쇼. 진심이었다. 홍 선생은 여전히 말이 없는 대신 나를 찬찬히 바라보았다. 나도 똑같이 홍 선생의 눈을 바라보았는데 눈가의 잔주름이 파르르 떨리고 있었다.

룸 안으로 여자 도우미들이 들어왔을 때 누구보다도 안 선 생의 표정에서 당황한 기색이 드러났다. 학생부장이 안 선생 곁에다 여자를 앉히려다 말고 나를 보았다. 학생부장은 호방 한 사내인 듯 시종 너스레를 떨고 있었지만 그도 역시 내 눈 치를 살피고 있는 게 분명했다. 나는 담배를 한 대 빼어 물고 룸 밖으로 나왔다.

"왜 나오셔? 여자가 맘에 안 들어요?"

문 밖에서 기다리고 있던 노래방 여사장이 옷소매를 붙잡 았다. 나는 그녀를 빈 룸으로 몰고 들어갔다. 담배를 한 모금 힘주어 빨고는 연기를 그녀의 얼굴에 내뿜었다.

"이게 뭐야? 오늘은 영 꽝이네."

오랜 단골처럼 말을 하긴 했지만 사실은 처음 간 노래방이 었다.

"왜 이러시나? 사장님 여자는 맘에 안 드시구나."

"사장은 무슨 얼어 죽을 사장? 이런 데서 니 꺼 내 꺼가 어 딨어? 아가씨들한테 말해요. 저 방에 있는 손님들 좀 잘 모시 라 하고, 이 방에도 술 좀 갖다 줘. 난 이 방 저 방으로 왔다 갔다 할 테니."

"왜요? 저 방에서 함께 마시지."

"그렇게 하라면 해요. 저쪽 방에 있는 사람들은 내가 없어야 더 좋아한단 말이야."

"누군데 그래요? 저분들?"

"그건 몰라도 돼. 여기 맥주나 몇 병 가져와. 빨랑."

담배가 타들어가자 또 한 대의 담배에 불을 붙였다. 담뱃재가 눈에 들어갔는지 눈알이 따끔거렸다. 두 달을 참아내던 담배였다. 상수 담임에게서 전화를 받고 나서 맨 처음 찾은 것이 담배였다. 화장실 좌변기에 쪼그리고 앉아 담배를 한 모금 빨아들였을 때 머릿속이 멍해지고 눈알이 따끔거렸다. 내가 다시 담배를 피우면 최 이사 그 새끼 아들이다, 라고 결심했던 게 딱 두 달 전의 일이었다. 사흘 동안 담배를 다시 피우고 있는데, 그동안 못 피웠던 게 억울하기라도 한 것처럼 전보다 양이 더 많아져 버렸다. 일본 스모 선수들이 그런다고 했다. 빨리 살찌게 해서 거구를 만들려면 몇 끼니를 굶기고 한꺼번에 많은 양을 먹여버린다고 했다. 그렇다면 나도 스스로에게 담배 사육을 당하고 있는지도 몰랐다. 요요현상처럼, 내내 참고 있다가도 일단 담배를 꺼냈다 하면 줄담배를 피워버리니.

피우지 않을 때는 참 좋은 면도 있었다. 며칠 사이에 목이 맑아지는 느낌이 찾아왔고 냄새 때문에 남을 의식하지 않아도 됐으며 무엇보다도 금연의 공간에서 자유로웠다. 일상의 도처에서 무수히 널려 있는 금연구역들에 서서히 적응되어 갈 무렵, 또다시 담배를 꼬나물고 남들의 눈치를 봐야 하는 형극의 땅으로 제 발로 걸어간 것이다. 핑계를 댈 게 없어서 아들놈 핑계를 다 대느냐고 핀잔을 들을지도 모르겠다. 그런 자신이 답답하다는 것을 나도 알고 있다. 그렇다고 해서 한심하다는 시선으로 나를 바라보는 것은 반갑지 않다. 오불관언, 그런 사람들이 있다면 중얼거리듯이 말할 수밖에 없다. 피울 때까지는 내 기호인 것을, 무슨 상관이란 말인가. 남이야 햄버거로 해장을 하든 말든.

맨 처음 상수 담임의 전화를 받았을 때는 잠시 정신을 차릴 시간이 필요했다. 상수가 선생을 때리다니, 그런 이유로 상수가 학교를 그만두어야 할지도 모른다는 담임의 말이 알아들을 수 없는 이국의 언어처럼 들렸다. 나는 담배를 빨며 생각했다. 이런 경우엔 양쪽의 이야기를 다 들어봐야 해. 상수가 학교 밖으로 도망을 쳐버렸다는데, 어디로 갔어, 이 자식? 모처럼의 흡연이 가져다 준 몽롱함은 이미 사라지고 없었다. 사태를 수습하는 가장 빠른 길은 무얼까. 머릿속은 복잡했지만 처리는 간단했다. 휴대전화에 저장된 사촌형님의 전화번호부터 찾았다. 상수의 당숙이기도 한 그 형님은 여당의 재선 시의원이었다. 정계나 관계 쪽에 마당발인 그 형님이라면 해결사 노릇도 거뜬히 해줄 수 있을 것 같았다. 역시 사촌형님의 대답은 평소와 다름없이 호탕하기만 했다. 누굴 퇴학을 시켜? 그런 일로 걱정할 게 뭐 있나? 괜히 다른 사람에게 불필요한 부탁 같은 것 하지 마. 학교를 박살 내버리든지 어쩔지는 내가 알아서 할 테니까. 절대 쫄면 안 돼. 아주 세게 나가야 한단 말이야. 학교에 있는 자식들은 말할 수 없이 약한 종자들이야. 그랬어도 한번 밀려든 불안은 단박에 가시지 않았다. 그룹사운드 동아리 후배 중에 음악은 때려치우고 신문기자를 하는 녀석이 있다 했는데, 그게 누구더라. 그를 알 수 있을 만한 친구 녀석의 전화번호를 서둘러 찾아야 했다.

여사장이 가져다 준 맥주를 한 잔 따라서 다급하게 마셨다. 울렁거리던 속이 조금 진정되는 듯했다. 나는 담배 연기를 길게 내뿜다가 중얼거렸다.

"그 새끼들 좇나게 잘 처먹는구만."

상수가 아무리 공부와는 담을 쌓고 기타에 미쳐 돌아다닌다고 해도 교사를 폭행할 만큼 돼먹지 못한 놈은 아니라고 생각했다. 상수를 만나야만 자세한 내막을 알아낼 수 있을 텐데, 상수는 집에 들어오지 않았다. 그 정도까지 개차반 같은 아들을 키웠나 싶어 뜬눈으로 밤을 지새운 상수 엄마는 아침이 되자마자 눈먼 자의 지팡이질처럼 아무 데나 들쑤시고 다녔다. 마침내 상수와의 전화 통화가 이루어졌을 때 아들의 목소리에서 단번에 원망과 분노를 읽을 수 있었다. 그럼 그렇지. 나쁜 새끼들, 그래서 어쩌겠다고? 그까짓 일로 상수를 학교에서 쫓아내기라고 하겠다는 거야, 뭐야? 나는 다시금 주먹을 불끈 쥐었다.

"누구한테 하는 말이세요? 저 방에 있는 손님들? 점잖게 생기신 사장님 입에서 그런 상소릴?"

"그런 건 알 거 없고, 나가서 봉투 석 장만 가져와."

"봉투라뇨? 무슨 봉투?"

"편지 봉투 있잖아? 몰라?"

폭탄주는 낯선 이들 끼리의 어색함을 빠르게 마비시킬 수 있는 최적의 묘약이었다. 룸 안의 사람들은 누구나 할 것 없이 어깨동무를 하고 노래를 불렀다. 학생부장은 도우미의 엉덩이를 주무르며 블루스를 추고 있었고 안 선생은 줄곧 마이크를 잡고 놓지 않았다. 나는 홍 선생의 잔을 채워주기도 하고 그 곁에 앉은 여자에게 홍 선생을 안아달라는 눈짓을 보내기도 했다.

"오빠는 왜 노래 안 하세요?"

한 여자가 다가와 내 귀에 대고 소리를 질렀다.

"난 노래 못해. 다른 분들이나 열심히 시켜드려."

"그런 게 어딨어요? 노래 한 곡 하세요."

여자가 노래책을 가져와서 내 앞에 펼쳐 놓았다. 나는 귀찮다는 듯이 노래책을 밀쳐버리고 한 잔의 술을 더 마셨다.

"왜 이래요? 이 오빠, 노래 한번 비싸네."

여자가 눈을 흘기며 안주를 집어주었다. 생각해보니 나는 분위기를 띄우기 위해 이 자리에 있어야 할 사람이었다. 무게를 잡고 체면만 내세울 수는 없는 노릇이었다. 하는 수 없이 큰기침을 하며 목을 가다듬었다. 홍 선생은 여전히 말이 없는 가운데 여러 번으로 나누어서 술잔을 비우고 있었다. 몇 차례 전화 통화를 주고받으며 느낀 것은, 그나마 상수가 좋은 담임을 만난 게 다행이구나 하는 생각이었다. 상수 아버지가 참으셔야 합니다. 안대균 선생도 지금 겁을 먹고 있는 것 같아요. 그렇게 서로들 치고받으면, 상수 장래를 위해 좋을 게 없잖아요. 그러니 고소니 뭐니 그런 말씀은 접어두시고 사태를 조용히 수습하는 방향으로 해결해 나갑시다. 선도위원회의 처분이란 건, 사실 아무것도 아니거든요. 차분한 홍 선생의 말을 듣고 나는 전화기를 힘없이 내려놓았다. 그래, 상수가 학교를 무사히 마칠 수만 있다면, 내가 무릎이라도 꿇어야지. 학부모라는 입장 자체가 죄인이니까.

"어이, 여기서, 비너스 한번 찾아봐."

나는 노래책을 여자에게 내밀었다.

"비너스요? 무슨 비너스? 그런 노래도 있어요?"

"비너스. 팝송에서 찾아라. 스펠링이나 제대로 아냐?"

그 시절에는 그랬다. 보컬만이라도 야무지게 되는 놈 어디서 좀 구해봐라. '하이웨이 스타'까지는 바라지도 않는다. 아무리 못해도 '솔져 오브 포춘' 정도는 불러줘야 보컬이지, 우리에게 제대로 된 보컬이라도 있는 거냐? 기껏 나눈다는 대화는 그런 것이었다. 할 줄 아는 것이라곤 드럼 스틱을 손가락 사이에 끼워서 핑그르르 돌려 재주를 부리는 것뿐이었다. 빛바랜 청바지 차림에 어깨까지 늘어뜨린 머리카락을 휙 쓸어 올리고 다리를 건들거렸다. 독수리표 전축의 엘피판에서 흘러나오는 곡을 들으며 머리를 맞대고 둘러앉아 자신의 악기에 맞는 악보를 손으로 땄다. 악보를 뒤적거리다가 지치면 기타를 둘러메고 밖으로 나갔다. 라면조차도 끓여 먹지 못해 푸석푸석해진 얼굴을 그대로 드러낸 채 변두리의 동시상영관으로 몰려가 두 프로짜리 영화를 훑었다. 그러다가 해가 떨어지면 인근 튀김집에서 스텐 그릇에 따라 나눠 마신 소주에 취해 서로 다투었다. 쥐뿔이나 잘하지도 못하는 주제에 자존심만 잔뜩 늘어, 틀리는 것도 한두 번이지 너하고는 음악 같이 못하겠다, 서로의 약점을 물고 늘어지던 나날들이었다. 무엇이 그리도 괴로웠는지 울기도 많이 울었다. 그러던 어느 날 하다못해 단과대 카니발이라도 하나 물어오는 놈이 있으면 그 녀석이 실질적인 큰형님처럼 으스댈 수 있었던 그

시절. 용달차를 골목 입구에 대놓고 지하 연습실에서 끄집어
낸 앰프를 끙끙대며 날라 올렸어도 마냥 즐겁기만 했던 나날
들. 오늘은 무슨 곡으로 연주할까, 고민할 필요도 없었다. 지
하 연습실에 들어간 후 맨 처음으로 끝 부분까지 소화해냈
던, 마치 숫처녀의 첫 애인 같고 퇴원한 환자의 첫 마실 같았
던 곡. 주어진 공식처럼 어떤 팀이나 그룹사운드를 하려 한
다면 무조건 맨 처음으로 배워야 했던 곡. 따지고 보면 연주
하기가 가장 쉬웠던 그 곡이 바로 '비너스'였다. '더 쇼킹블
루'의 비너스.

"우와, 이 오빠, 노래 좀 하네. 어쩐지 노래하는 폼이 딱 잡
혔어. 조형기가 부르는 것과는 완전 달라."

곁에 있던 여자가 소리를 질렀다. 1절만 부르려 했는데 나
도 모르게 흥이 돋아버려 2절까지 마저 불렀다. 쉬스 갓잇,
베이비 쉬스 갓잇, 웨엘, 아임 유어 비너스. 손뼉으로 박자를
맞추던 홍 선생이 기분 좋게 웃었다. 나는 마이크를 여자에게
넘기고 술병을 든 채 홍 선생에게로 갔다.

"왕년 솜씨가 아직 남았나 봅니다. 피는 소주보다 진하다
고, 상수가 아빠한테 기타를 배웠다고 하더니……."

"저한테 배우긴요. 상수가 그렇게 말하던가요?"

"기타 치겠다고 자율학습을 빼달라고 했을 때 그러던데
요."

"전에 말씀 드렸잖습니까. 상수가 첨에 기타를 치겠다고 나섰을 때는 기타를 다 때려 부수고 난리가 아니었다고요. 허허, 그런데요, 자식 이기는 부모 없다잖아요? 할 수 없이, 작년부턴가 허락 아닌 허락을 해줬더니, 역시 공부는 안 하더라고요. 그게 속상해 죽겠어요."

나는 홍 선생의 잔에 술을 채웠다. 그러면서도 나도 모르게 내뿜어져 나오는 한숨을 잘게 끊어서 내뱉었다. 기타에 대해서만은 상수는 옛날의 나보다 훨씬 지독한 아이였다. 기타 케이스를 어깨에 둘러메고 건들거리며 다니는 게 좋아 보여서, 나는 멋으로 치고 다녔던 기타였는데, 상수는 아예 실용음악과 같은 곳에 진학해서 전공으로 삼겠다고 나섰다. 아들의 진로를 막는 데는 일정한 한계가 있었다.

요즘 하는, 록밴드의 공연 실황을 볼 때가 있다. 실력이 있는 것인지 명망을 갖춘 것인지는 알 수 없지만 록을 추구하는 밴드의 공연 실황이 케이블 티브이 같은 곳에서 나오면 채널을 돌릴 수가 없다. 좁은 실내 공간에 빼곡히 모인 청중들이 소리를 지르며 환호하는 그 안에서 스스로에게 도취된 몸짓으로 헤드뱅잉을 하고 있는 기타리스트와 보컬, 그리고 그걸 똑같이 흉내 내어 헤드뱅잉을 따라 하는 관객들을 보며 나도 모르게 공연의 분위기 속으로 빨려들곤 했다. 지나간 시대의 대학생들이 구호를 외치기 위해 오른쪽 주먹을 내지르는 모습이 아니었다. 온전히 록에 취한 채 무아의 의식은 먼발치에 던져두고 가장 가까운 허공에다 내지른 팔뚝이 일사불란한 연대가 되고 어깨를 걸고 나가는 동조가 되는 것처럼 보였다. 나는 록에 영혼을 뺏긴 아이들 중에 우리 상수가 끼어 있으리라고는 상상도 못했다. 야구방망이를 휘두르고 혈서까지 써보았지만 돌아오는 건 부자간의 흉측한 장벽뿐이었다. 따지고 보면 나도 그 나이였던 시절에 그랬다. 가장 닮지 말아야 할 것을 닮고 말았다는 것을 깨달았을 때는 이미 엎질러진 물이었다. 나에게도 록을 연주하는 밴드 음악에 모든 걸 내맡기리라고 다짐하던 시절이 있었다. 동네 어귀의 로터리에는 반드시 레코드 가게가 있었고 그곳에서는 두텁고도 안정된 라이센스 레코드가 아니더라도 이른바 빽판이라 불렸던 복제판을 팔았다. 용돈이 생길 때마다 그걸 사서 레코드의 사방 표면에 종이테이프를 붙이고 견출지를 달아 진열해 놓았다. 상수가 손가락 끝으로 CD의 표면을 조심스럽게 잡듯이 그때의 나도 빽판의 가장자리를 조심스럽게 집어 들었던 것이다. 오디오 시스템이라 이름 붙이기도 민망한 턴테이블에 그 빽판을 올려놓고 바늘을 내려놓는 순간, 가슴 밑바닥에서 치고 올라와 일거에 터져 나오는 록 사운드에 가쁜 숨을 내리눌러야 했다. 온몸을 감전시키면서 온전히 내 영혼을 빼앗아가던 그 소리들에 대한 열망이, 상수에게도 똑같은 유전자로 전이되어 버린 셈이다. 세상이 바뀐 것처럼 모양과 빛깔만 달라졌을 뿐 그 본질만은 아들에게 그대로 전해지고 만 것이다.

비로소 빗장을 열고 마음의 창을 열었을 때 상수는 전혀 다른 사람처럼 보였다. 언젠가 그랬던 것처럼 라면을 끓여오고 소주를 찾아서 두 잔의 머그컵에 따라 나누었다. 한 잔을 상수에게 건네주며 차분한 목소리로 물었다. 내 생애에 가장 많은 소주를 마셨을 때 안주가 무엇이었는지 아니? 상수는 머그컵을 든 채 아무 말도 하지 않았다. 바로 라면이었어. 이게 끼니를 해결하기 위한 방편일 때는 조금 서글플지 모르지만 소주 안주로는 제격이야. 무엇보다도 국물이 좋잖아. 나는 상수에게 지나간 시절의 고생담에 대해서 얘기해주고 싶었지만 그걸 알아듣기에는 상수는 아직 어렸다. 스스로는 다 컸다고 믿고 있을 테지만 아직은 애송이였다. 철없는 어린 아들이 이해를 하든 못하든 그룹사운드를 하면서 망가져 버렸던 내 젊은 날을 있는 그대로 들려주고 싶었다. 기타를 치는 것은 좋다만, 중심은 잃지 마라. 모든 일에는 우선순위라는 게 있지 않겠니? 드럼통에다 자갈과 모래와 큰 돌멩이, 이 셋을 모두 채워 넣어야 한다고 가정해보자. 어떻게 하면 다 채워 넣을 수 있을까? 잘 생각해봐. 이건 말이야. 순서가 바뀌어서는 절대 채울 수가 없는 거다. 처음에 큰 돌을 쌓고 다음에 자갈을 넣고 마지막으로 모래를 부어야만 성공할 수 있지, 만일 순서가 어긋나면 말짱 헛일이 되고 만다. 현재의 네 삶도 마찬가지다. 무엇을 먼저 붙잡고 전력을 다해야 할 것인지를 판단해야 한다. 머뭇거리기엔 너무나 아까운 시간들이지 않냐. 하지만 이런 얘기들은 결국 입 밖으로 나오면서 제대로 꿰어지지 못하고 말았다.

술자리는 질기고 단단했다. 처음의 서먹함은 차츰 사라지고 자정이 가까워지면서 호형호제를 하는 관계로 바뀌어 있었다. 노래방에서 나온 뒤 노천카페라는 곳으로 자리를 옮겼는데, 간판이 카페라는 말뿐이었지 실제 모양은 실내 포장마차 그대로였다.

"형님, 아무래도 마무리는 소주가 낫겠죠? 비장의 안주도 나오고 하니까."

학생부장이 홍 선생에게 동의를 구했다. 안주는 조개구이였다. 새삼 알게 된 사실이었지만 안대균 선생을 빼놓고는 주량이 보통이 넘는 사람들이었다. 토요일 밤이기 때문에 내일 출근에 대한 부담이 없다는 점이 술자리를 길게 이어놓았다. 흠씬 취해버린 학생부장의 목소리는 정도 이상으로 높았다.

"아이고, 그런 건 염려하실 거 없다니까 그러네. 원서 쓸 때 말이에요. 생활기록부가 첨부되기는 하지요. 그런데, 생활기

록부 어디에도 그런 기록은 남아 있지 않다니까요. 몇 번을
얘기해야 알아듣겠어요?"

학생부장의 발음은 명확히 떨어지지 않았다. 나는 쉽게 수
긍할 수 없었다. 그저 위로 삼아서 하는 의례적인 언사라는
생각만 들었다.

"경찰서에 있는 기록들도 그렇잖아요. 조그만 폭행 사건으
로 파출소에 들락거렸거나, 기억하기에도 희미해져 버린 하
찮은 경범죄 같은 것도 잘 사라지지 않거든요. 전과는 아니더
라도 잘잘한 것까지 다 기록으로 남아 있어서, 조회해보면 다
나온다던데요."

나는 학생부장과 홍 선생을 번갈아 쳐다보았다. 홍 선생이
웃는 얼굴로 대답을 하려 하는데 학생부장이 대뜸 가로막고
소리쳤다.

"에이, 참. 우린 학교잖아요, 학교. 범인을 잡아서 깜빵에
보내는 경찰서와 왜 비교를 하세요. 학교는 경찰서가 아니고,
학교라고요, 학교."

"이 사람, 왜 소리를 지르고 그래?"

학생부장의 목소리가 너무 컸던지 옆 테이블의 손님들이
우리를 힐끔 쳐다보았다. 불편함을 느낀 홍 선생이 학생부장
에게 목소리를 낮추라고 말했다. 이번에는 홍 선생이 작은 목
소리로 내게 말했다.

"대학 가는 데, 그러니까 입학원서를 쓰는 데 아무 지장이 없고, 학생 개인의 기록 어디에도 남아 있지 않아요. 교무실 캐비닛 같은 곳에 문서로는 남아 있을지는 모르지만, 상수가 졸업해 버리면 그걸로 끝이에요. 기왕 이렇게 결정이 난 것, 편하게 생각하세요. 봉사활동이니 그냥 며칠 동안 말 그대로 남을 위해 봉사한다는 심정으로 하라고 그러세요."

홍 선생의 말은 차분했다. 학교를 그만두게 하거나 다른 학교로 전학 보내게 하는 처분도 많은데 상수의 경우는 아주 간단한 거라며, 그걸로 위안을 삼자고 말했다.

"그럼요. 그렇게 해주신 것만 해도 저로서는 감지덕지죠."

나는 번갈아가며 머리를 끄덕였다. 하지만 전과자의 낙인 같은 흔적이 개인의 신상기록 어디에도 남지 않는다는 사실을 곧이곧대로 믿을 수는 없었다.

"얼마나 신경을 쓰고 마음을 졸였는지……. 선도위원회가 끝났을 때는 위가 다 쓰리고 신트림이 넘어오더라니까."

학생부장은 은연중에 자신의 공치사를 과시하고 있었다. 홍 선생은 고개를 끄덕이며 슬며시 웃기도 하고 나를 쳐다보기도 했다. 안 선생만이 눈동자가 풀린 채 연신 하품을 했다. 나는 학생부장의 말을 되새기며 기어이 한마디의 답례를 보태야 했다.

"이게 다 학생부장님 덕분입니다. 제가 잘 알죠."

어색하긴 했지만 나는 크게 웃었다. 그런데 홍 선생이 소주
잔을 들며 내 말을 가로막았다.

"거, 인제 그 얘긴 그만하지. 다 끝난 일이야. 애들이 크다
보면 이런 일도 있고 저런 일도 있는 거지, 안 그래? 자네는
교장 선생님께 보고나 잘 드려. 잘 해결됐으니까 염려하지 마
시라고 말이야."

"당근이죠."

"그 얘긴 그만두고, 조개나 좀 뒤집어 봐. 어이, 안 선생.
거, 눈 뜨고 조개 좀 뒤집으라니까. 다 타버리잖아."

말머리를 돌려놓고 홍 선생은 다함께 술을 마실 것을 권했
다. 그때서야 학생부장도 넉살좋게 웃으며 술잔을 비웠다.

화장실에 다녀오겠다던 안대균 선생은 끝내 돌아오지 않
았다. 올 시간이 지났는데도 돌아오지 않으니 걱정이 되는 것
은 당연했다.

"많이 취하신 것 같던데, 제가 나가보고 올까요? 어딘가에
서 쓰러져 있을지도 모르잖아요."

나는 담배를 비벼 끄고는 자리에서 일어섰다. 이번에는 학
생부장이 나를 제지하고 나섰다.

"에이, 상수 아버지, 그냥 앉아계세요. 안대균이 아닙니까.
천하의 안대균이가 길거리에서 고꾸라질 위인인가요? 그건

우리가 잘 압니다. 안 봐도 다 안다니까요. 안대균이 그 자식은요. 밖으로 나가자마자 택시를 집어타고 집으로 토꼈어요. 그러니까, 그냥 내버려두고 앉으세요."

학생부장은 술이나 마시자며 내 앞에 놓인 잔에 소주를 채웠다. 불판 위에서 조개들이 구워지고 있었다. 타고 있는 조개들을 보다 못한 홍 선생이 가위질을 시작했다. 구워진 각종 조개들을 집게로 끄집어내어 가위로 잘라낸 후 커다란 키조개의 빈 껍질 안에다 다시 배열했다. 그의 손으로 손질된 조개들이 사열하는 병사들처럼 키를 맞추고 있었다.

"형님, 퇴근하시면 어디 조개구이 집에서 알바 하시는 거 아닙니까? 솜씨가 장난이 아닌데요. 퇴임하시면 조개구이 집을 차려도 되겠어요."

학생부장의 말에는 어떤 심각성도 없었다. 그런데 홍 선생의 반응이 의외였다. 정색을 하고 바라보는 표정이 지금까지의 그가 아닌 것 같았다.

"자네, 말 한번 잘했네. 안 그래도 학교를 떠나면 무얼 해야 할까 고민했는데, 자네 말처럼 조개구이 집을 차려야겠구만."

홍 선생의 말 자체에는 별 문제가 없었지만 그의 표정이 문제였다. 웃음기를 싹 지워버린 눈으로 조개구이를 바라봤다.

"에이, 형님도. 그냥 농담한 거예요. 형님답지 않게 왜 이러세요."

"이 사람아. 농담이 아니야. 정말 그만두려고 그래. 올해까지만 하고 그만 해야겠다 이 말이야."

"무슨 말씀을……."

"올해까지만 하기로, 그래서 명퇴 신청을 하려고 집사람과도 얘기를 끝냈어. 내가 이 길을 너무 오래 걸어왔잖아. 안 그런가?"

홍 선생은 자기 앞에 놓인 소주잔을 들어 단숨에 입 안으로 털어 넣었다. 안주를 집어먹을 생각도 잊은 채 오른쪽 손등으로 입가를 훔쳤다. 그리고 희미하게 웃음을 흘렸는데 그걸 보고 따라 웃는 사람은 없었다. 이상하다 싶어 자세히 살펴보니, 씁쓰레한 웃음기가 밴 그의 눈이 그렁그렁 젖어 있었다.

오렌지 마멀레이드

9월 8일 오후, 류신화

드디어 신호가 떨어졌다. 한쪽 다리를 건들거리며 기타를 치던 종하가 뜀뛰기를 했고 허공을 향해 오른손을 휘돌리기 시작했다. 약속된 시점이었다. 대기실의 암막 커튼 사이로 무대를 바라보고 있던 나는 한 걸음 앞으로 다가갔다. 기분이 좋아졌는지 내 곁에 붙어 있던 분홍이가 오오오, 소리를 내질렀다. 핑거링으로 베이스기타를 치던 상수가 얼굴을 일그러뜨린 채 초퍼 주법을 구사했다. 어지러웠다. 드럼스틱을 한 손으로 모으던 석구가 첫 단추를 풀고 있을 때 종하는 티셔츠를 벗어 던져버렸다. 미친 새끼. '돌체 앤 가바나'라고 자랑할 때는 언제고.

다행인 것은 거슬리기만 하던 종하의 기타 음이 쳇소리를 내며 지지직거렸어도, 관객들의 호응은 좋다는 것이다. 사이키델릭 조명이 무대를 향해 강렬하게 비추고 있어서 객석이 잘 보이지 않았다. 그래도 종하의 기타 음은 좀처럼 죽지 않았다. 퍼스트 기타 음이 너무 커버리면 나머지 소리들이 묻히지 않겠냐는 상수의 말에 종하는 짜증부터 냈었다. 퍼스트 음이 살아야 락이지, 베이스만 꿍꽝거린다고 락이 되냐? 뭘 알고나 말해.

공연 막판에 윗도리를 벗어 던져버리자고 제의한 이도 종하였다. 종하의 결정을 뒤집거나 반발할 사람은 없었다. 밴드의 리더로 종하를 추켜세워 준 사람은 아무도 없었지만 적어도 록에서만큼은 종하가 누구보다 한 수 위라는 것을 모르는 사람도 없었다. 아무리 그렇더라도 옷차림마저 따지고 드는 것은 너무한 일이었다.

"요새 누가 비니 쓰냐? 비니 유행 지난 게 언젠데."

석구가 쓰고 온 비니를 보자마자 종하는 헛웃음을 지었다. 그러더니 상수를 보고는 대뜸 눈꼬리를 치켜세웠다.

"임상수. 이건 또 뭐야? 유치원 소풍 가냐? 트랙탑이 뭐야, 정말, 밴드 수준 떨어지게."

종하의 거만한 시선이 위아래로 움직였다.

"이래 뵈도 아디다스 트랙탑이야. 넌 뭘 입었는데?"

대드는 상수를 내가 가로막았다. 석구는 눈자위에 힘을 집어넣고 빠르게 말했다.

"재수 없는 시키. 비니가 어때서. 비니 쓰고 다니는 연예인들이 얼마나 많은데. 베컴도 안 보이던? 홍대에서도 다 비니 쓰고 다녀, 시캬. 신화야. 니가 말 좀 해봐."

나는 그냥 웃고 말았다. 그래도 종하는 아랑곳하지 않았다. 오히려 어깨를 으쓱대며 자신의 티셔츠를 뽐냈다.

"니들이 돌체 앤 가바나를 아냐? 촌놈들이 구경이라도 해 봤어야지."

크라잉넛의 '고물라디오'를 끝으로 순서는 끝이 났다. 상수가 그랬다. 마지막 엔딩 처리를 할 때는 가슴 안이 눌러 붙는 것 같다고 했다. 손끝의 감각이 스멀스멀 사라지면서 자신의 머릿속에 머물러 있던 현기증도 덩달아 멀어져간다고 했다. 달아오른 실내의 열기 때문에 객석의 사람들도 잘 보이지 않았다. 소리를 지르는 분홍이를 대기실의 다른 밴드 멤버들이 재미있다는 듯이 쳐다보았다.

"에이, 한 곡 더 할 수도 있는데."

대기실로 돌아온 종하가 기타를 챙겼다.

"바로 이거야. 이 맛이라구."

상기된 얼굴을 가라앉히지 못하는 상수는 최고의 기분이라는 말을 반복했다. 실수가 있었더라도 지금 이 순간만은 문제될 게 없었다.

"거, 맨 앞줄에 아줌마 둘이 있었잖아. 누구야? 아주 댄스 발광이 났더구만."

대기실에서 나오는 길에 석구가 말했다. 그도 그럴 것이 공연에 어울리지 않게 웬 아주머니 둘이서 맨 앞자리까지 밀려 나와 여고생들 못지않게 열광을 했다. 일어선 채로 한 손을 휘젓는 것은 물론이고 괴성을 내지르기까지 했다. 확연히 눈에 들어올 만큼 심한 과장이었다. 하지만 우스운 일이었다. 이곳은 청소년수련관이고 오늘 공연은 가을맞이 청소년 록 페스티벌이 아닌가.

"이 새끼, 말하는 것 좀 봐."

종하가 석구의 걸음을 멈춰 세우고 돌아섰다. 화가 난 표정이었다.

"너, 못 봤어? 맨 앞줄에 아줌마 둘이. 무슨 악을 그렇게 써 대냐? 우리가 뭐 카바레 밴드냐? 졸라 쪽팔리잖아. 여고생들한테는 아무 반응도 없는 것 같더구먼, 왜 하필 아줌마들이 설치냐고? 신화, 너도 봤지?"

석구는 내 쪽을 보며 동의를 구하려고 했다. 그런데 종하가 석구의 어깨를 잡아끌었다.

"우리 엄마야."

종하가 석구 앞으로 턱을 들이밀었다. 눈초리가 급격하게 치켜 올라가고 두 눈이 커다랗게 변하는 표정으로 보아 석구는 누구보다 더 놀란 듯했다.

"니네 엄마라고?"

"그래, 이 새끼야."

"헉! 죽인다, 정말. 근데 어떻게 알고 여길 다 오셨대?"

석구의 태도는 금세 바뀌어 있었다. 부모님이 개방적인 분이라 종하가 기타를 마음대로 칠 수 있다는 사실을 알고 있긴 했어도 공연장에까지 와서 응원해주실 줄은 나도 미처 몰랐다.

"초대장을 보냈지."

"쌩까지 마, 새꺄. 초대장이 어딨냐? 우리 공연도 아닌데."

사실이었다. 초대장은커녕 수련관 측에서라도 발행해 줄 법한 그 흔한 안내 팸플릿도 없었다. 겨우 붙여놓은 포스터의 어디에도 상수네 밴드의 이름은 없었다. 그런데 그 순간 종하가 휴대폰을 꺼내 들었다.

"정식으로 보낸 것만 초대장이냐? 이렇게도 보내는 거지."

종하는 휴대폰의 메시지 함을 열어 우리의 눈앞에 들이밀었다.

엄마, 우리공연해. 와줄거지?

"야아, 쉬바, 신종하, 진짜 부럽네."

소리를 내지른 것은 석구였지만 상수도 하고 싶은 말이었을 것이다. 종하와 상수가 다른 점이 있다면 바로 그것이었다. 종하에게는 음악 하고 싶다는 아들을 처음부터 이해해주고 도와주는 부모님이 있었다.

상수는 종하에게 열등의식을 갖고 있었다. 1학년 겨울에 카타콤 클럽에서 종하를 처음 만났을 때부터 그는 유명한 아이였다고 했다. 그 새끼 밥맛이야. 너무 거만해. 나도 처음에는 대놓고 종하를 싫어했다. 상수가 연습에 지쳐 어깨를 늘어뜨린 채 귀가를 하면 상수 엄마는 아들이 독서실에 다녀오는 줄 알고 있었다. 상수 엄마는 상수의 휴대폰을 정액제로 묶어놓은 것조차 모자라서 아예 해지를 시켜버릴 기회만 찾고 있었다. 비밀 지하조직 같은 카타콤 클럽의 존재를 엄마에게 알릴 수 없었던 상수와는 달리, 종하는 어떠한 제약도 없는 듯했다. 많고 많은 사람들의 생긴 모양이 다 제각각이듯이 부모들의 생각 또한 여러 모양으로 다르다는 것을 그때서야 실감하게 되었다. 종하의 부모님은 종하가 걷고 싶은 길을 가로막는 분들이 아니었다.

집에 들어가지 않은 지 나흘째. 오전부터 카타콤 클럽에 사람들이 북적댔다. 일요일이었다. 콘서트를 앞두고 있는 대학생 형들이 찾아왔고 상수네 밴드도 마지막 연습을 했다. 상수와 내가 학교에 가지 않는다는 사실에 대해서 석구는 걱정을 했다. 하지만 종하는 달랐다. 그는 우리를 보자마자 '브라보'

를 외쳤다. 날마다 다니는 학교, 지치기도 하지. 안 그래? 난 너희의 용기가 부러워.

하지만 종하를 대하는 기분은 별로였다. 워낙 별종인 놈이라 그러려니 했지만 조금씩 비위가 상하는 건 사실이었다. 종하는 원래부터 그런 아이였다. 상수네 밴드 멤버 중에서 종하는 단연 눈에 띄는 아이였다. 저 새끼랑 친하면 안 돼. 독성이 강한 화학 물질이거든. 맨 처음 종하를 알게 되었을 때 석구가 했던 말이었다. 우리 학교에 기타 좀 치는 애가 있는데 함께 밴드를 하나 만들 거라고 아이들이 들떠 있을 때였다. 종하란 놈은 말야. 기타만 잘 치는 게 아니라 드럼도 치잖아. 스틱을 서너 개 부러뜨려야 직성이 풀리는 독종 새끼지. 뭐. 파워드럼이라야 펑크 록이 된다나 뭐라나.

정작 내가 만나본 종하는 얼굴이 희고 말수가 적었다. 처음에는 냉소적인 웃음을 흘리는 것이 기분 나빴지만 한 성격 한다는 놈이니 어쩔 도리가 없었다. 자신을 펑크록의 신봉자라 자처했는데 단문에 가까운 화법이나 단조로워 보이는 성격이 진짜 펑크록과 닮았다는 생각이 들었다. 너바나의 기타리스트 커트 코베인의 사진첩을 보여주던 상수가 그랬다. 이게 다 종하 새끼한테 얻은 거야. 어떤 날은 종하가 MP3를 듣고 있는 상수를 향해 비아냥거렸다. 락커들은 말이야. 그딴 엠피 듣지 않아. 시디플레이어로 들어야지. 음반 시장 다 죽고 나면 락이 무슨 소용이겠냐.

상수는 종하 앞에서만은 기를 펴지 못했다. 섹스 피스톨스의 시디를 들으며 펑크록에 빠져들게 된 것도 종하 때문이었으며, 13스텝스 같은 국내 하드코어 밴드를 알게 된 것도 역시 종하 덕이라고 했다. 상수는 자존심이 상했겠지만 내가 보기에도 어쩔 수 없는 일이었다.

상수는 힘들어 했다. 학원이나 독서실을 가겠다고 말하고 집을 빠져 나올 때마다 자기 방에 앰프까지 갖추고 있다는 종하가 부럽기만 하다고 했다. 부모의 이해와 도움 아래 체계적인 연주 연습을 하고 있는 종하와는 당초부터 상대가 되지 않았다. 기타 얘기만 나오면 집안이 확 뒤집어져 버렸던 당시의 상수 집과는 달라도 너무 달랐다.

"형들이 곱창 먹으러 가잔다."

청바지의 뒷주머니에 스틱을 찔러 넣으며 석구가 말했다. 나는 잠시 엄마의 얼굴을 떠올렸다. 분홍이가 내 표정을 살폈다.

"어쩔래?"

"엉뚱한 말, 하지 마. 형들 앞에서."

내 말에 분홍이의 입이 풍선처럼 부풀어졌다.

"그러니까, 집에 들어가란 말이야. 어린애처럼 투정만 부리지 말고."

"내가 마루타야? 왜 나를 실험 대상으로 삼아?"

상수가 분홍이 손에 잡혀 있던 손을 급하게 빼냈다. 분홍이는 상수의 손톱에다 꽃그림을 그려주겠다고 안달이 나 있던 참이었다. 지난 여름방학 때 살짝 배웠다는 네일아트를 실험해 볼 사람으로 적격이라고 좋아했다.

"넌 손톱이 예쁘잖아. 남자애가 왜 이래? 여자보다 손톱이 더 가지런해."

그림이 잘 나오겠다면서 상수를 꼬드기는 분홍이를 보고 다들 슬며시 웃고 있었다.

"남자가 네일아트 하는 거 봤냐? 말이 돼? 얘가 요즘 네일아트에 완전 미쳤나 봐. 제 정신이 아니야."

상수는 울상을 하며 몸까지 뒤로 젖혔다.

"남녀 구분이 어딨냐? 남자애들도 많이 하는데, 얼마나 멋있는 줄 알아?"

그럴수록 분홍이는 상수의 손을 다시 잡기 위해 애썼다.

"쌩쇼를 해요. 야아, 임상수, 손톱에 하기 창피하면 발톱에 하면 되잖아. 상수 뽀대에 아조 딱이겠다."

석구가 끼어들었다. 말없이 술을 따르던 종하도 그러면 되겠네, 하는 표정을 지어 보였다. 나는 웃지 않았다. 대신에 내 앞에 놓인 술을 마실까 말까를 고민하던 중이었다. 어제처럼 또 취하면 안 될 것 같았다.

석쇠 불판 위에서 지글거리던 곱창이 점점 오그라들었다. 소주잔을 들고 있는 상수의 손가락은 유난히 희고 가늘었다. 에라, 모르겠다. 나는 눈을 질끈 감고 소주 한 잔을 목구멍에 들이부었다.

"너, 또 소주 마셔? 어제처럼 아무나 붙잡고 울려고? 다시는 소주 안 마신다며?"

네일아트 얘기가 사라져 버린 후 가위로 곱창을 자르고 있던 분홍이가 놀란 눈을 쳐들었다.

"내버려 둬. 지 알아서 하겠지."

종하는 술잔을 들지 않았다. 대학생 형들이 눈치를 주는 탓도 있었지만 그는 아까부터 기분이 상해 있었다.

"다른 건 다 참을 수 있어. 그런데 말이야, 음악적인 견해가 다른 건 견디기 힘든 일이야. 밴드 이름 하나 바꾸는 것도 이렇게 힘이 들어서야."

종하가 내놓은 이름은 'WAR'이었다. 그런데 그 이름은 석구가 싫다고 했다.

"무슨 전쟁놀이 하자는 것도 아니고, 부르기가 구리잖아. 한 번 들어서 잊어먹지 않는 이름이 좋은 거 아냐?"

석구의 반대가 종하를 우울하게 만들고 있었다. 석구는 그럴 바에야 차라리 지금 이름으로 가자고 했다. 그런데 종하는

현재의 팀 이름이 너무 유아틱하고 장난기가 넘쳐 계속 유지
시킬 수 없다는 의견을 내놓았다. 고삐리 밴드라면 그럭저럭
들어줄 수도 있는 이름이지만 이제 고등학교를 졸업해야 하
는 마당에, 어울리지 않는 이름은 당장 갈아치우자는 주장이
었다. 여기에서 합의가 안 되면 팀 해체라도 불사하겠다는 기
세마저 드러냈다. 현재의 밴드 이름은 '감전사고'였다.

"워가 뭐야?"

분홍이가 물었다.

"워가 아니고, 더블유 에이 알, 이라니까."

"그러니까 그게 무슨 뜻인데?"

종하가 모두를 번갈아 쳐다보며 힘주어 대답했다.

"We Are Rockers."

언젠가 아자개의 국어 시간이었다. 산적처럼 무식하게 생
겨먹은 얼굴과는 어울리지 않게, 한 옥타브 높은 여자 같은
목소리에다 닭살이 돋을 것 같은 기묘한 억양을 가진 아자개
가 마인드 컨트롤이라는 것을 얘기하고 있었다. 밤하늘의 달
을 올려다보던 인디언족의 개가 갑자기 컹컹 짖는다면, 개는
왜 짖을까? 달이 아름다워서일까요? 아님, 슬퍼서? 아이들
은 아무 대답도 하지 않았다. 천만에. 동물적 본능, 즉 발정
난 괴로움을 견디지 못한 나머지 울고 있는 거예요. 사람이

개와 같기를 원하지는 않지? 사람은 생각을 하는 동물이기 때문에 무작정 달을 향해 울지는 않아요. 자신의 의식을 조절할 수 있다는 거지.

언제나 그랬던 것처럼 지극히도 한심스러운 얘기를 하고 있던 아자개가 잠을 쫓는 비법이라면서 아이들에게 인디언식 이름 짓기를 하자고 했다. 저 인간, 또 쓸데없는 짓거리 하고 있네. 아이들은 귀찮은 표정을 지었지만 시키는 대로 할 수밖에 없었다. 인디언들의 언어에는 주술과도 같은 신비함이 있어서 태어날 때 지어진 이름을 따라 죽을 때까지 살아가게 된다는 설명이었다. 아기가 태어난 곳이 어둑한 강가였다면 '흐르는 강물'이라는 이름을 짓고 독수리가 울고 지나갔다면 '독수리의 발톱'이라 짓는다는 것이다. 한번 지어진 이름대로 자신을 맞춰 살아간다는 것인데 이름이 붙으면 점차자기 최면처럼 빠져들게 되어 마침내는 의식이 언어를 지배하게 된다고 했다. 몇몇 아이들은 재미있다고 여겼는지 적극성을 보이기도 했다. '늑대와 춤을', '주먹 쥐고 일어서' 같은 익숙한 이름부터 '해와 달을 품 안에', '바람의 친구' 식으로 돌아가면서 이름 짓기를 하고 있는데 이윽고 상수 차례가 되었다. 상수는 자신이 지은 이름을 말하는 대신에 아자개에게 물었다. 5반에 신종하 있죠? 걔는 뭐라고 지었대요? 아자개의 입가가 묘하게 일그러졌다. 넌 언제까지 종하 눈치 보고 살래? 니가 지은 이름을 말하라니까. 그때서야 상수는 조그마한 목소리로 대답했다. 오렌지 마멀레이드.

　오렌지 마멀레이드는 자우림 밴드의 노래였다. 원래는 오늘 공연에 올려볼까 해서 연습하려던 곡이었다. 그랬는데 처음부터 종하가 발끈했다. 자우림은 정통 펑크록이 아닐 뿐더러 멜로디가 단조로워서 내키지 않는 곡이라며 한사코 반대했지만 상수가 보컬을 해보겠다고 우겼다. 밴드 연습을 하면서 고등학교를 졸업하기 전에, 자신의 목소리로 보컬을 하며 꼭 연주해보고 싶었던 곡이라고 고집했다. 그런데 처음 연습하던 날, 포기할 수밖에 없었다. 울먹해진 상수의 목소리를 듣고 멤버들의 기분이 잡쳐 버리고 말았다.

　모든 사람들이 나와 같다면
　아무 갈등도 미움도 없이 참 좋을 텐데.
　나 바라는 것은 오직 한 가지 모든 사람들이
　나와 같이 언제까지나 어른이 되지 않는 것.

　하고픈 일도 없는데 되고픈 것도 없는데,
　모두들 뭔가 말해보라 해.
　별다른 욕심도 없이 남다른 포부도 없이,
　이대로이면 안 되는 걸까?

노래가 시작된 뒤 몇 소절도 지나지 않아서였다. 육갑을 떨어요. 지가 울 일이 뭐 있어? 지가 뭐 제도 교육의 희생양이야? 남부럽지 않는 여건으로 음악 하는 사람이 어딨다구? 꼭 똥 폼은 다 잡아요. 정말 못 봐주겠네. 석구가 스틱을 던지고 일어선 것으로 그 곡은 쫑이 나버렸다.

곱창 집에서 나섰을 때는 이미 자정이 가까워지고 있었다. 형들이 먼저 떠났고 이어폰을 낀 채 콧노래를 흥얼거리던 분홍이도 집에 가겠다고 나섰다. 상수는 술에 취했는지 어느 순간부터 코를 훌쩍이다가 석구와 분홍이를 보내고 다시 돌아왔다. 형아가 부숴버린 고물 라디오, 락캔롤, 투나잇, 분홍이의 입에서부터 연신 흘러나오던 노래 가락이 여전히 귓바퀴에 징징거렸다.

호두알 소리

9월 9일 낮, 박천

종이 울렸다. 수업 시작을 알리는 신호였다. 소녀의 기도, 라는 익숙한 차임벨 음향이었으므로 엄밀히 말하자면 종소리는 아니었다. 그럼에도 누구든지 그 멜로디를 시작 종소리라고 여겼다. 언젠가 그 소리를 듣고 교실로 향하던 어떤 교사가 군대 시절의 구전가요를 흥얼거렸다. 꽁짜밥이 어딨냐, 좆빵이 치거라.

나는 수능 문제풀이집과 출석부를 챙겨 들고 복도를 걸어 갔다. 며칠 전에 전달 받은 교편이라는 작은 매를 한 손에 쥐고 있었다. 묵직한 나른함이 온몸을 동여맸다. 복도를 걷는 교사들은 아무 말도 하지 않았다. 날이 갈수록 처져가는 어깨와 더 이상 감출 수 없는 아랫배, 실제 나이보다 더 들어 보이는 주름살이 저마다의 얼굴에 드러나 있었다. 팔소매에 분필 가루를 묻히고서 방금까지 다급하게 담배 연기를 내뿜었던 중년의 사내들이 느릿한 걸음으로 복도를 걸어가는 것이다. 세월을 이기지 못하고 풍화되고 육탈된, 나무 등걸 같은 고단함이 교사들의 얼굴마다 덕지덕지 묻어 있었다.

학생들도 지치긴 마찬가지일 터. 하루도 빼먹지 않고 지겹도록 보는 것이 선생들 얼굴인데, 아이들 눈에 비쳐진 내 모습도 뻔할 것이다. 떠들지 마라, 침 뱉지 마라, 지각하면 안 돼, 숙제는 꼭 해야지. 그렇게 해서 좋은 대학 갈 수 있겠어? 청소 안하고 어딜 갔다 왔어? 그것도 제대로 못 풀어? 머리 모양이 그게 뭐야? 이런 정도의 얘기는 일상의 언어였으니 그나마 나은 편이다. 이 돌대가리 새끼야, 이런 문제도 틀리냐? 비싼 밥 처먹고 잠이나 퍼자려고 학교엘 다니냐? 너 같은 새끼를 낳고도 니 엄만 기어이 미역국을 드셨겠구나. 전생에 나하고 무슨 원수를 졌냐? 나중에 뭐가 되려고 그 모양이냐? 내 입에서 판박이처럼 반복되었을 얘기들을 감안한다면 아이들도 고3 시절을 지옥에서 보낸 한 철쯤으로 여기고 있을 게 분명하다. 어떻게 살든 나의 평온한 일상이고 꾸려나가야 할 생활양식인데 정교하고도 넓은 아이들의 이상을 고려할 명분이나 겨를은 어디에도 필요치 않았다.

복도에서 한 청년을 만났다. 그가 다가와 무표정한 내 얼굴을 보고서는 꾸벅 인사를 했다. 어? 졸업생인가? 그런데 누구인지 기억나지 않았다. 내 표정을 살피더니 청년이 환하게 웃었다.

"박천 선생님. 와아, 절 못 알아보시네요. 저, 태건이에요."

나는 다시금 청년을 가만히 뜯어보았다. 태건이라면? 오륙 년 전쯤의 졸업생 중에 그런 이름이 있긴 한데, 닮은 것도 같았지만 그 태건이는 아니었다.

"태건이? 서태건이 말인가? 아닌데?"

"우와, 정말 너무하시네. 진짜 모르시겠어요?"

"가만, 그러고 보니……"

과거의 윤곽이 얼굴에서 조금씩 살아났다. 하마터면 못 알아볼 뻔했다. 그건 내가 태건이에게 무심해서가 아니었다. 내 잘못이라기보다는 태건이의 잘못이 컸다. 학교 다닐 때 백 킬로그램에 육박하는 육중한 몸이었는데 세월이 흘러 군대를 제대하고 한 달이 지났다는 지금은 72킬로그램이라고 했다. 그러니 당연히 못 알아볼 수밖에. 나는 그때서야 태건이의 손을 잡고 피시식 웃었다.

"미안하다. 못 알아봐서. 섭섭했겠는데?"

"아니에요. 제가 워낙 변해 버려서요. 정말 못 알아보는 사람이 많아요."

"근데, 무슨 일이냐? 학교엘 다 찾아오고."

"생활기록부를 발급받을 일이 있어서 왔어요. 기왕 온 김에 선생님들도 찾아뵙기도 하고요."

"이야, 서태건이, 인제 어른 다 됐네."

이십 대 중반의 한창 나이인 만큼 낯빛이 생기 있게 살아 있는 데다가 호리호리한 체격을 가진 준수한 청년으로 변해 있었다. 전혀 다른 사람이 되어버린 태건이를 보고서, 예전의 모습을 떠올려보려 했지만 그마저도 쉽지 않았다.

"이놈아, 살만 빼고 말 것이지, 옛날 모습까지 다 지워버리면 어떡해."

그 순간, 복도의 끝에서부터 호두알 소리가 들리는 것 같았다.

"가만, 지금 수업이 시작됐거든. 교실에 들어가야 하니, 넌 교무실에 가서 선생님들도 만나고 그래라. 퇴근할 때까지 기다리든지……."

호두알 소리는 점점 가까운 곳으로 다가오고 있었다.

짜그락짜그락.

복도의 저편에서 들려오기 시작한 소리였다. '법칙과 법칙으로 이어지는 죽은 모국어의 흰 뼈를 지우며'까지 읽던 나는 화들짝 놀랐다가 이내 말문을 닫고 말았다. 겨우 졸음을 쫓아낸 아이들의 눈망울이 더욱 크게만 느껴졌다. 나는 손끝에 잡혀 있는 백묵을 내려다보았다. 소리는 가까운 곳으로 다가왔다. 수업이 시작될 무렵 들렸던 소리가 한참동안 멀어졌다가 다시 들리기 시작한 것이다.

그것은 학교 순시에 나선 교장의 뒷짐 진 손바닥 안에서, 서로들 제 몸을 부딪치는 호두알 소리였다. 아이들 중 몇은 벌써 의미 있는 웃음을 입가에 담고 있었다. 나는 교탁 옆으로 한 걸음 물러서서 칠판을 바라보았다.

잠시 교과서를 덮어라.
첫눈이 오는구나.
은유법도 문장성분도 잠시 덮어 두고
저 넉넉한 평등의 나라로 가자.

교직에 들어온 초년 시절부터 내가 좋아하던 정일근의 시였다. 교과서에 나오지 않은 작품 중에서 내 암기력을 동원하여 끝까지 암송할 수 있는, 몇 안 되는 시 중 하나였다. 칠판의 한쪽을 지우고 그 자리에다 머릿속에 마구 떠오르는 시 한 편을 휘갈기는 때가 간혹 있었다. 가을날의 양광이 유리창을 넘어와 솜털이 보송보송한 아이들의 볼우물에 머무르는 하오가 되면, 전염병처럼 도지는 식곤증에 맞불을 놓기 위해 간혹 쓰는 수법 중 하나였다. 여름이 지났고 지금은 가을과 뒤

섞인 계절이지만, 정반대로 첫눈 오는 날을 연상시켜도 제격이겠다 싶어 선택한 시였다. 몇몇 아이들은 실제로 문제집을 덮었고 더러는 연습장에 옮겨 적느라 신명을 내던 터였다.

호두알 소리가 교실 벽에 붙어 더 이상 움직이지 않나 싶더니, 이윽고 열린 뒷문으로 교장의 얼굴이 나타났다. 그는 도수 높은 안경을 고쳐 잡으며 칠판 가득히 적힌 시를 훑어보았다. 교실의 뒤쪽이었기 때문에 칠판 글씨가 잘 보이지 않는다는 짜증이 그의 찡그린 표정에 묻어 있었다. 그는 칠판을 응시한 채 천천히 교실의 중간까지 걸어 나왔다. 뭐? 교과서를 덮어? 그의 놀란 얼굴에 그런 뜻이 담겨 있었다.

나는 교장의 따가운 시선을 피해 창밖으로 얼굴을 돌리고 말았다. 그리고 한 모금의 한숨을 조심스럽게 들이마셨다. 짧은 순간이었지만 여러 가지 생각이 스쳐갔다. 이런 경우에 남대현 선생은 수업권 침해라 하여 목에 실핏줄까지 돋우며 항의했다는데, 나도 큰 걸음으로 걸어서 교실을 나가버려? 그러나 나의 내부에 그런 용기가 솟구칠라치면 웬일인지 그 상상만으로도 오금이 오므라들었다. 가속이 붙은 심장의 방망이질 소리가 아이들에게까지 들리면 어쩌나 걱정이 될 지경이었다. 고3이나 되는 이 녀석들도 눈치와 분위기로 보아 알 건 다 알 텐데.

칠판과 나를 번갈아 쳐다보고 있는 교장의 시선이 물러설

기미가 없다는 사실을 깨달은 뒤에서야 맨 앞줄의 학생을 불렀다.

"칠판, 닦아라."

그 소리가 얼마나 작았던지 아이는 단번에 알아듣지 못했다.

"빨리 나와서 닦으라니까."

마음이 조급해졌다. 우리 학교에서 저 호두알 소리에 당당한 선생은 여태껏 못 봤어, 라는 표정을 서로 주고받으며 아이들은 금세 소란스러워졌다. 나는 다시금 창밖으로 고개를 돌려버렸다. 키 높은 플라타너스가 제 빛깔을 잃은 채 조그만 움직임도 없이 수위실의 지붕을 덮고 있었다.

"박 선생, 좀 봅시다."

앞문을 열고 교장이 교실 밖으로 나간 뒤에도 실소가 뒤엉킨 어수선한 분위기는 좀체 가라앉지 않았다. 나는 교장을 뒤따라 복도로 나갔다. 불에 덴 듯 안면에 달아오르는 민망함과 온몸의 돌기에 곤두선 무력감은 쉬이 털어지지 않았다.

"저런 시가 교과서에 나옵니까? 수능에 나오느냐 이겁니다."

국어 교과 출신인 그에게 논리적인 대항을 한다는 건 엄두가 나지 않았다. 학교장의 눈으로 바라보는 세상은 내가 살고 있는 세상과 바탕부터가 달랐다.

"아이들······ 잠 좀 깨우느라고 써봤는데요. 뭐, 교과서에 나오는 시만 공부하란 법은 없잖습니까? 수능에는 무슨 시가 나올지 모르는데요."

나는 교장의 눈을 조심스럽게 쳐다보았다. 한심스러워 못 참겠다는 뜻이 가늘게 변해가는 그의 눈초리에 매달려 있었다.

"수능이 코앞에 닥쳐 있는데 왜 자꾸 이러세요? 고3 교과를 맡으신 선생님이라면 지금쯤 엑기스를 뽑아다가 아이들에게 집어넣어줘도 모자랄 판에, 저런 시나 읊어대고 있으니 이건 뭐, 여름날 베짱이 같은 심보가 아니고 뭡니까? 이러면 아이들에게 인기라도 끌 것 같아요? 제발이지, 순진한 아이들 상대로 쇼하지 마세요. 지금은 몰라도 나중에 아이들이 졸업하고 나면 욕해요. 수능 점수에 목을 매는 학부모님들이 저런 시를 가르친다고 환영이라도 해줄 것 같습니까? 이거 원 답답해서······."

"그건 교장 선생님과 제 생각이 다른 거니까, 더 드릴 말씀은 없는데요. 교장 선생님은 왜 교실로 불쑥 들어오십니까?"

"뭐요? 교장이 교실로 좀 들어가면 안 됩니까?"

"수업 중이지 않습니까? 지금 이렇게 수업을 못하고 있잖아요."

"허어, 여봐요, 박 선생. 지금 제대로 된 수업을 하고 있었습니까? 이러니까 교장에게 자율장학권이라는 게 주어져 있는 겁니다. 이런 식으로 수업 시간을 까먹어 버리는 교사를 지도 감독하라고 주어진 권한이에요. 이걸 하지 않으면 교장이 직무유기 하는 거라고요. 알겠어요?"

"교사에게도 수업권이라는 게 있거든요. 수업 참관은 사전에 교사에게 알리고 수업에 방해되지 않는 범위 내에서 실시해야 하는 것으로 알고 있는데요."

"거참, 말귀를 못 알아먹네. 그러게 내 말은, 박 선생이 수업에 방해되면 안 될 정도로 제대로 된 수업을 했냐 이 말이에요. 어째서 매사에 이런 식이야, 박 선생은?"

교장의 손아귀에 쥐어져 있던 호두알이 부서지듯 울음을 토했다. 나는 소란이 멈춰지지 않는 교실 쪽으로 시선을 돌려 버렸다.

"자기 일이나 똑바로들 하면서 따져요. 교장한테 대들면 무조건 영웅이라도 되는 거요? 학부모들의 요구는 이런 게 아니란 말이에요."

슈호프도 그랬을까. 아무런 범죄 행위를 한 적도 없으며 특별한 정치적 임무를 띠고 활동한 적도 없는, 그야말로 장삼이사 같은 평범하기 그지없는 농부가 아니었겠는가. 농부는 모름지기 농사만 잘 지으면 그만이라는 걸 모르지는 않았을 텐데, 그럼에도 불구하고 자신더러 저 높은 담장에 둘러싸인 채 너울거리는 구름도 멀리하고 새들의 비상에도 시선을 두지 말라 했다면, 그리하여 알지 못하는 사이에 온몸을 휘감는 지긋지긋한 구속을 느끼고 말았다면 어떻게 되었을까. 슈호프는 중얼거렸을 것이다. 모두들 견뎌보라지. 따지고 보면, 누군들 당당한 자가 있을 수 있나? 비굴하고 저열한 행위를 보여주는 것이야, 페추코프도 그렇고 반장인 추린도 그렇고, 결국 다 마찬가지다. 배불리 먹는 것이나 유리한 작업 배당 일정, 잔꾀와 속임수 같은 것으로부터 자유로운, 잎담배도 사서 피우며 줄칼 조각도 검사에 걸리지 않은 상태로 오늘 하루의 노동도 무사히 넘어갈 수 있을까 두려워했을 이반 데니소비치의 하루와 다를 게 무엇인가. 해가 지려면 아직 한참이나 남아 있는데 하늘이 뿌옇게 흐린 게 가을비가 오려는 걸까. 나는 창밖으로 돌려버린 시선을 쉽게 거두어들이지 못했다.

생각해보니 오늘이 월요일이었다. 하기 싫은 일을 마지못해 해야 하고 겪고 싶지 않은 수모를 이를 악물고 견뎌야 하는 한 주일이 시작되었다. 일주일 동안 유형무형의 모진 일들을 숱하게 겪게 되겠지만, 누가 나에게, 그래도 피하고만 싶은 순간을 하나만 꼽으라고 한다면, 단연 월요일 아침 출근이었다. 어제는 일요일이었지만 자율학습 지도를 위해 하루 종일 학교에서 근무를 했다. 그래서인지 오늘은 아침부터 유난히 몸을 움직이는 게 힘들었다. 아내와 딸들을 깨우는 일도 오늘따라 버겁기만 했다. 야아, 좀 일어나 봐, 하면서 드는 생각. 그렇겠지. 월요병이 어디 나만의 일이겠어?

출근해서 보니, 그 말이 딱 맞았다. 일주일에 한 번뿐인 전체 직원조회인데도 생기라곤 하나도 없었다. 그래도 공문 하나를 전달했다. 학생들의 인권을 고려해 체벌이나 폭언을 하지 말 것. 휴대폰을 압수해서 돌려주지 않는 등 민원이 야기되는 일이 없도록 할 것. 그것들을 읽어 내려가면서, 뜨악한 눈으로 올려다보는 교사들의 생각 속으로 잠시 들어가 보았다. 월요일 아침부터 피곤한 소리만 골라서 하는구먼. 모두들 교무수첩에 코를 박으며 그런 생각들을 떠올리고 있었을 것이다.

월요일의 아이들은 병든 닭 같았다. 고3 아이의 고단한 일상들이 저만치 나뒹굴고 있는 것을, 그걸 집어 들어 아이들에게 되돌려 건네줄 재간이 나에게는 없었다. 그러다가 가만 생각해보니 그게 아니었다. 월요병이라는 말을 거론하면 심기가 편치 않을 사람들도 있을 터였다. 월요병은 무슨? 월요병은 사치이며 호사가 아니더냐고 화부터 낼 사람들 중에 고3 아이들은 맨 앞줄에 있을 것이다. 토요일도 일요일도 있을 리 없는 그들에게 월요병이라니, 무슨 호강에 초친 소리? 나는 헛웃음을 내보내며 얼굴을 감싸 안았다. 아아, 황당하기만 한

월요일의 일과가 그렇게 후다닥 지나가고 말았다.

할매집에서의 퇴근주 자리는 자연스럽게 이루어졌다. 평소 돈두파(豚頭派)라 자처하는 몇이서 구들방을 차지하고 앉았다. 퇴근을 기다려 함께 따라왔던 졸업생 태건이는 서둘러 마신 소주 몇 잔에 얼굴을 붉히고 있더니 먼저 가봐야겠다며 인사를 하고 사라진 뒤였다.

"우리 같이 먼지를 뒤집어쓰고 사는 사람들은 말이야. 이런 걸 많이 먹어야 돼. 목구멍의 백묵가루 벗기는 덴 역시 돼지 머리고기가 최고지."

새우젓을 얹은 고기 덩어리가 김영만의 입으로 들어갔다. 앉아 있는 사람의 숫자만큼이나 빈 소주병이 나뒹굴었다.

"망할 놈의 호두알 소리……. 무슨 수를 내든가 해야지, 이건 숫제 노이로제가 아니고 뭐야?"

"누가 아니래. 편하게 좀 살아보려 해도, 우린 학교를 그만둘 때까지 편하게 지낼 팔자는 못 되는 거야. 뭐, 이런 좆같은 운명이 다 있나?"

누군가 거들었다. 짐짓 나의 뒤틀린 심사를 위로한다는 셈이었는지 유독 나를 향해 떠들었다. 나는 웃음으로 대꾸하고 싶었는데 억지 미소조차 나오지 않았다. 오후 내내 화끈거린 얼굴을 감추려 술만 털어 넣을 뿐이었다.

호두알 소리. 그것은 눈에 보이지 않았을 뿐 펄펄 살아 움직이는, 압박의 표상이었다. 선생님들, 똑바로 좀 하세요. 교장이 이런 식으로 까놓고 말하지는 않았지만, 호두알 소리가 들리기만 하면 교사들은 딴 사람으로 변했다. 보고 있던 신문을 밀쳐버리고 갑자기 교재 연구를 하는 시늉을 했고, 책상위에 두 발을 뻗고 잠을 자다가도 그 자리에서 벌떡 일어섰다. 전화기 앞에서 호탕하게 웃으며 잡담을 나누던 사람도 잽싸게 수화기를 내려놓았다. 무엇인가 열중하는 척 태도를 바꾸었다가 소리가 멀어지면 방정맞은 자신의 모습을 부끄러워하며 겸연쩍은 웃음을 흘렸다. 아득한 골짜기로부터 불어오는 흉흉한 바람 소리로 다가왔다가 귀청을 찢는 폭음으로 진동하면서 호두알 소리는 선생들의 가슴 한복판을 후비고 다녔다.

"그래도 이만하면 많이 좋아진 거지 뭐. 어휴, 옛날을 생각해 봐."

주 선생이 나에게 잔을 건넸다. 새로 나온 안주 접시를 앞으로 밀며 술을 따랐다. 술을 급하게 마신 탓인지 안면에 뜨거운 기운이 한꺼번에 몰려든 느낌이었다.

그 시절은 돌이키기조차 지긋지긋했다. 수업 장학이라는 이름으로 횡행하는 교장의 수업 중 교실 출입에 선생들의 어깨는 낮게 늘어뜨려졌다. 졸고 있는 아이의 뒤통수를 때리고 지나가기도 했고, 소설책을 빼앗아 교탁에 올려놓고는 헛기침 소리를 내며 사라졌다. 어떤 때는 소리 없이 들어와 깜짝 놀라는 교사의 당혹감에는 개의치 않고 절전 운운하며 형광등 스위치를 내려버렸다. 그럴 때마다 교사들은 상처 입은 자존심과 지긋지긋한 무기력을 떨치지 못해 몸서리쳤다. 어둠 속 그 어느 음험한 구석으로부터 언제나 감시당하고 있다는 막연한 피해의식이 떠나지 않았다. 시대가 바뀌고 개혁이 이루어졌다지만 달라진 것은 별로 없었다. 단지 농담(濃淡)의 차이일 뿐, 변한다는 것은 늘 말만 앞서 나갔다. 호두알 소리는 여전했다.

짧게 입가심만 하자 했던 술판이 의외로 길게 이어졌다. 술을 마시다 보면 으레 나오는 얘기들이 오늘도 빠지지 않았다. 뜻이 맞지 않는다는 이유로 동료 교사 몇 명을 안주 삼아 씹어대다가 이제는 교과의 전문성으로 화제가 넘어가 있었다. 자신의 교과에 전문가가 되어야 한다는 당위가 희한하게 변질되고 있다는 얘기에 저마다 지지 않고 말을 보탰다.

"국어 선생이니까 무조건 글을 잘 써야 한다? 맞춤법에 만능이 되어야 하는 것은 그렇다 쳐도 학교 신문은 왜 국어 선생들만 만들어야 하냐고?"

"클럽활동 부서를 희망할 때 말이야. 한문 선생은 브레이크 댄스 반 맡으면 안 되나? 한문 선생이 컴퓨터 반 지도한다고 하면 그게 그렇게도 어색해?"

"왜 그래? 체육 선생한테 비하면 아무것도 아니지. 체육 선생들은 뭐 특수부대인가? 도서 담당이나 교무 업무 같은 일을 하면 웃음거리가 되는 거야? 무조건 교문 지도나 해야 하고 운동장 조회 때 질서 지도나 해야 하니……."

할매집에서 나왔을 때 밤은 어지간히 깊어져 있었다. 입가심을 해야 한다고 찾아간 호프집에서 보니, 모두들 가버렸는지 김영만밖에 보이지 않았다. 말이 호프집이었지 여자 사장의 여동생이라고 불리는 접대부가 술을 따라주는 술집이었다. 나나 김영만이나 이미 술통을 휘젓는 술 주걱처럼 취해 있기는 마찬가지였다.

"다 방법이 있어, 두고 봐."

김영만이 반쯤 감긴 눈을 힘겹게 열었다. 알 수 없는 말을 뇌까리고 있는 김영만의 왼팔을, 곁에 앉아 있던 여자가 감싸 안았다. 짙은 화장발을 통해 세월의 흔적을 감추려 안간힘을 썼겠지만 김영만보다 더 많아 보이는 나이는 속일 수 없었다.

"좆같네, 진짜."

김영만이 화장발 여자에게 말했다.

"뭐가 좆같애? 내가?"

여자가 김영만의 왼팔을 더욱 감싸 안으며 콧소리를 냈다.

"이집 장사는 진즉 글러먹었군. 이런 폭탄을 데려다 놓고 장사를 하니, 봐봐, 이렇게 손님이 없지."

"아이, 왜 이러셔. 아무리 그렇다고 점잖게 생긴 선생님 입에서 좆이 다 뭐야? 어디 한번 보여주실라구?"

별안간 김영만이 비명 소리를 내질렀다. 여자가 김영만의 아랫도리를 손으로 더듬었던 모양이었다. 취기가 후끈하게 느껴지는 순간, 나는 맥주 한 컵을 길게 들이켰다.

"저리 가. 이게 어딜 만져. 부러지면 어떻게 하려고. 자기가 책임질 거야?"

김영만이 화장발 여자를 떼어놓자 여자는 손으로 입을 가린 채 호호 웃었다. 여자가 자리에서 일어난 뒤 김영만은 혼잣말처럼 뇌까렸다.

"방법이 있다니까 그러네. 우리도 좀 편하게 살아야지. 언제까지 망할 놈의 그 소리를 계속 듣고 살 것 같애?"

"무슨 방법? 호두알을 빼앗고 대신 여, 염주알이라도 쥐어줄려고?"

나는 더 이상 앉아 있을 수 없었다. 울렁거리던 식도에서 음식물이 치밀어 올라 목구멍을 자극했기 때문이다.

천변 가로수를 붙잡고 허리를 꺾었다. 입 밖으로 토사물이 쏟아져 나왔다. 한참을 쭈그리고 있다가 눈을 들어보니 건너편 가로등이 유리알같이 반짝였다. 눈을 깜박여 보았으나 마음먹은 대로 되지 않았다. 얼굴에 엉겨 붙은 눈물과 콧물을 옷소매로 닦아냈다. 골목 끝 집들에서 늦도록 켜놓은 전등불이 흔들거렸다. 칠판에 썼다가 지우고 말았던 '끝없는 백색의 화해와 평등이, 사랑과 용서도 힘차게 불러 껴안자'던 시구절이 그 위로 겹쳐졌다. 오장육부가 뒤섞인 것 같던 쓰라림이 토역질로 바뀌어 목울대 너머로 거칠게 밀고 올라왔다. 알 수 없는 울분이 가슴팍을 빠개는 듯한 통증으로 변해 있었다. 또 하루가 지나고 있었다. 아무런 특별한 날도 아닌 단지 또 하루의 월요일이 지나가는 것일 테지만 지금까지 빗나가 버린 숱한 날들 중의 또 하나의 하루일 뿐이었다.

일주일의 노동이 끝나면 휴식할지어다. 간혹 중간에 국경일이 끼더라도 반드시 휴식을 취하라고 정해진 일요일임에도 이른 출근을 했던 어제를 생각할 필요는 없다. 오늘 밤이 중요했다. 비슷한 연령의 동료들 몇이 만나서 숱한 밤에 그랬던 것처럼 소주를 마시고 맥주를 마셨다. 외등이 높게 매달린 골목길을 걷다가 흐릿한 발음으로 떠들어대는 동료의 푸념을 오줌발에 섞어 갈기고 땅이 꺼져라 한숨을 내지르며 올려다본 밤하늘에 무엇이 보였던가. 거기에 대고 토해냈던 신음소리들, 이성은 저 멀리 던져버리고 술의 힘을 빌려 뇌까렸던 언어들, 이슬 맺힌 별빛에다 대고 무엇을 말했던가. "좆도, 방법은 무슨……. 이제 어쩔 수 없지. 나도 살아야지. 별수 있나? 세상이 이렇게 거지같은데. 우리도 마찬가지잖아. 우리라고 당당할 게 뭐 있어? 조금이라도 편하게 살아보려고 꼼수를 쓰는 거, 그건 다 같은 거야. 안 그래?" 나도 김영만처럼 중얼거렸다. 내일이면 기억하지도 못할 말들을 아무렇게나 지껄였다. 내일도 어김없이 해는 떠오른다. 안간힘을 다해 맞이한 아침인 것처럼 아무 일도 없는 듯이 쓰린 속을 감추고 학교로 출근할 것이다. 속이지 마라, 남을 속여선 안 된다, 고 가르치는 것은 그만두고, 속지 마라, 남에게 속지 말고 살아라, 라는 말이 튀어나올지도 모르겠다.

"어이, 왜 이렇게 늦게 들어왔어? 간 줄 알았잖아?"

김영만은 조금 전의 화장발 여자를 다시 곁에다 앉혀놓고 있었다. 여자는 풀어헤쳐진 블라우스 앞단추들을 수습할 생각도 없이 실없는 웃음을 흘렸다. 나는 그 앞에 힘없이 주저앉았다.

"어? 이 사람, 또 울었나 보네? 참, 사람도……. 그만 좀 울어. 술 취하면 우는 버릇, 이제는 좀 고칠 수 없나? 울 게 뭐 있다고 그래? 다 방법이 있다니까."

김영만은 여자의 옷섶 앞자락에 손을 쑥 집어넣더니 젖가슴 한쪽을 끄집어냈다. 세월의 무게를 견디지 못하겠다는 듯이 힘없이 처져버린 작고 초라한 젖무덤이었다. 김영만은 검은 빛깔로 늘어진 유두를 손가락으로 문지르더니 그 끝에다 맥주잔을 가져다댔다.

"자네는 그게 문제야. 약해빠진 감수성이 자넬 지켜줄 것 같나? 좀 대범하게 살란 말이야."

그러는 자네는 잘도 대범하게 사는구먼. 자네가 누구인가. 세상이 다 아는 카사노바 김영만 선생 아닌가. 교무실의 컴퓨터에서 틈만 나면 애인과 채팅이나 하고 있는 용기 있는 교사. 남들이 다 눈치 채고 있는데도 자기 혼자만이 아무것도 모른 채 완전히 맛이 간 나날을 보내고 있으니, 참으로 대범하네그려. 하지만 나는 그런 말을 할 수 없었다. 말을 꺼내려 했는데 뱃속이 울렁거렸고 토역질의 기운이 또다시 목 끝을 자극했으므로 입을 꽉 다물고 말았다.

"자아, 자. 이걸로 딱 한 잔만 하고 가자구. 내 제조 솜씨는 아직 녹슬지 않았어, 이 사람아."

여자가 고개를 꺾고 물수건으로 자신의 가슴을 닦아냈다. 여자의 모습을 보며, 험한 세상에 먹고사는 길이 이렇게도 힘든 것인가 따위의 감상을 따져볼 틈이 없었다. 나는 김영만이 건네주는 잔을 받아서 한 모금을 마셨다. 유두 끝까지 남아 있었을지도 모를 늙은 여자의 체온이 느껴지면서 목구멍이 다시 울컥해지고 말았다. 나는 냅다 바깥으로 뛰쳐나갔다.

팔다리에 기운이 다 빠져나간 것 같았다. 오늘 밤도 속절없이 깊어만 가겠지만 기어이 내일 아침은 오고야 말 것이다.

얄밉도록 어김없이 아침은 찾아올 것이다. 죽을 듯 우거지상을 하고 맞이한 아침이지만 늘 딴 세상이었다. 새들은 날고 때를 맞추어 지저귈 것이며 선선한 가을바람이 살갗을 건드릴 것이다. 숙취는 차츰 풀어질 것이며, 적당히 차가 밀리는 도로 위에서 멍한 눈을 열어 앞을 바라볼 것이다. 볼륨을 높여 들었던 FM 라디오의 노래 가락을 흥얼거리다가 자판기에서 뽑은 모닝커피를 들고 터벅터벅 발걸음을 옮길 것이다. 수업 준비를 하다 말고, 주차장에서 자동차 시동 꺼지는 소리를 들으며 오늘도 저 인간은 지각을 하는구나, 흉을 볼 것이다. 남을 씹어대는 것을 재미로 여기는 현장 속으로 습관처럼 뛰어 들어갈 것이다.

나는 구겨진 옷소매로 눈시울을 문질렀다. 눈알이 모래가 뿌려진 듯 따가웠다. 어느새 달려온 김영만이 내 등을 두드리며 말했다.

"허어, 박 선생, 두고 보라니까. 다 방법이 있다니까 그러네."

짜그락 짜그락.

며칠 후 당직실에서였다. 몰래 바둑판을 벌여놓고 은밀한 삼매경에 빠져 있던 몇 명의 교사들이 벌떡 일어섰다. 어디선가 들려오는 호두알 소리에 혼이 날아가고 넋이 흩어질 지경이었다. 창졸간에 바둑판은 때려 엎어지고 전화번호부를 뒤적인다든가 새끼손가락으로 귀를 후비는 등 무엇인가 할 일을 찾고 있었다.

그랬는데, 뜻밖에도 그곳에 김영만이 나타났다. 김영만의 손아귀에서 뒹굴고 있는 호두알을 확인하고서야 사람들은 안도의 한숨을 내쉬었다.

"휴우, 깜짝 놀랐네."

"꼭 진짜 같구만."

"예끼, 이 사람. 자네도 교장 되고 싶어 그런가?"

저마다 한마디씩 보태는 순간에 김영만의 장난기 배인 얼굴은 흡족함으로 가득 차 있었다. 더욱이 호두알 소리는 그것으로 끝난 것이 아니었다. 돈두파를 비롯한 여러 명의 교사들 손에 예의 호두알이 쥐어져 있었다.

"요것이 건강에 그렇게 좋다면서요?"

"첨에는 손바닥이 약간 불편할 거예요. 그런데 자주 하다 보면 익숙해져요."

"자네한테 주는 사랑의 선물이네."

김영만이 내 손에 쥐어 준 것은 곰보처럼 표면이 얽어버린 두 개의 못생긴 호두알이었다.

그런 후 학교의 모든 소리는 다르게 들렸다. 졸음과 노곤함이 점령한 5교시의 교무실에서, 두 발 쭉 뻗고 누운 휴게실에서, 유일한 흡연 공간인 옥상에서도 경쾌한 그 소리가 울려 퍼졌다. 동산 수풀은 우거지고 장미꽃은 피어 만발하였다 옛날의 노래를 부르자 매기 내 사랑하는 매기야. 가을 하늘을 향해 은은하게 비상하는 아이들의 노랫소리 속에도 그 소리가 섞여 있었다.

그러고 보니 교사들이 숨 쉬는 어디에서든지 호두알 소리가 들렸다. 하지만 이제는 그 소리를 듣고서 어느 누구도 움츠러들지 않았다. 쭉 뻗은 다리를 오므리지 않았고 컴퓨터 모니터에 떠오른 옛 애인과 열나게 채팅을 했으며 실시간으로 주식 시황을 체크하다가 환매 신청 전화를 걸었다. 누구의 눈치도 보지 않은 당당함으로 의기양양해진 그들은 은밀한 웃음을 주고받으며 한마디씩 했다.

"살맛나는구먼. 이젠 우리 멋대로 해도 누가 뭐라 하겠어?"

"이런 세상이 오다니……."

"꿈만 같아. 믿어지지 않는걸."

몸살

9월 10일 오전, 홍 선생

"그럼, 기계는 한 대에 얼마씩이나 해요?"

뜨거운 종이컵 커피를 손에 든 채 커피 대신 침을 꿀꺽 삼켰다. 아주머니의 손동작은 정해진 순서에 따라 조금의 착오도 없었다. 진주홍색 상표가 찍힌 커다란 봉지를 털어 커피와 크림 등속을 채워 넣는 일을 힐끔거리며 지켜보던 참이었다.

"기계 값이 중요한 게 아니고요. 어느 자리에 이걸 뚫고 들어가느냐가 문제라니까요. 왜요? 선생님이 한번 해보시려구요?"

아주머니가 비로소 허리를 펴더니 나를 돌아보았다.

"어휴, 아니에요."

나는 멋쩍은 웃음을 흘리며 커피를 후루룩 마셨다. 하루에

한 번씩, 오전 나절이면 어김없이 찾아와 자판기 내부를 청소하는 초로의 아주머니였다. 십여 년 동안 이 일을 하면서 가계에 보탬이 되는 정도가 아니라 자녀들을 대학까지 가르쳤고 요즘에는 손자 분유 값도 댈 수 있다고 했다.

"좋으시겠수. 직장 생활하는 것보다 더 좋아 보여요."

"아휴, 저에게는 요게 직장이지요."

비가 오나 눈이 오나 자판기 앞에는 학생들의 줄이 끊이지 않았고 가끔은 교사들도 이용했다. 아주머니는 위생 관리에 만전을 기해야 한다며 기계를 닦고 또 닦았다. 자판기 수익금 중 일정한 비율은 학교 육상부를 지원하기 위해 내놓는다는 것을 알고 있었지만 그 비율이 얼마냐에 대해서는 묻지 않았다. 커피를 마실 때마다 한결같은 맛이 느껴졌다. 재료의 배합이 적절했던지 달지도 않고 밋밋하지도 않았다. 다른 어느 곳의 자판기 커피도 따라올 수 없는 절묘한 맛이었다.

그런데, 교사들 중에는 자판기 커피를 뽑아 먹지 않고 자기 책상 서랍에서 1회용 인스턴트커피 봉지를 뜯어서 뜨거운 정수기 물에 타 마시는 사람들이 있었다. 그걸 보다 못한 어떤 이는 기어이 한마디를 했다. 거, 얼마나 아끼겠다고 그러나? 육상부 돕는 셈치고 그냥 자판기 커피 뽑아 마실 것이지. 편하고 좋잖아.

커피는 많이 팔리느냐는 나의 물음에 아주머니가 고개를

끄덕였다.

"추운 겨울에 더 잘 팔리는 편이에요. 방학 기간에 학생들이 안 나오는 기간만 빼면, 아무래도 겨울이 낫지요."

다른 학교 이곳저곳 합해서 일곱 대의 자판기를 놓고 장사를 한다고 했으니 이쯤 되면 웬만한 사업과 마찬가지였다. 나는 빈 종이컵을 긴 플라스틱 대롱에 쑤셔 넣으며 생각했다. 일곱 대면 수입이 얼마나 될까. 자판기가 놓여 있는 곳마다이익은 다르겠지만 그리 어려운 일 같지는 않았다. 청소하는데 특별한 기술이 필요할 리도 없고 기계 관리 하는 것쯤이야며칠 따라다니며 배우면 될 텐데. 하루 종일 집에서 빈둥거리는 것보다는 나을 것이다. 퇴직을 하고 나면 오히려 더 부지런해진다지 않는가.

나는 텅 빈 교무실로 돌아왔다. 모두들 수업에 들어갔는지유별나게 조용했다. 서랍을 열어 돋보기안경을 꺼냈다. 그리고 책상 앞에 놓여 있는 교무수첩을 뒤적였다. 담임의견서 양식이 인쇄된 A4 용지에 임상수의 인적사항을 채워 넣어야 했다. 나는 이제 상수의 징계 절차를 위해 담임의견서를 작성해야 한다.

상수는 부모님과 연락이 되고 있었지만, 신화는 그렇지 않은 듯했다. 아침부터 빗줄기가 오락가락했다. 신화 엄마는 기운을 잃어버린 목소리로 전화를 했다. 간헐적으로 내리는 비였지만 신화가 이 비를 모두 맞을 거라고 했다. 나는 신화의 행방에 대해서 물었다. 신화 엄마의 목소리에는 다른 것도 섞여 있었다. 묵직한 시계추처럼 매달려 있는 한숨소리였다. 아이고, 선생님. 제가 우리 애한테 무언가 잘못한 게 있는 것 같은데, 무얼 잘못했는지 모르겠어요. 지 원하는 것 다 들어주고, 하고 싶은 대로 다 하게 하고, 남부럽지 않게 돌봐준다고 했는데 말이에요. 무얼 못해 줬을까 하루 종일 생각해봐도 모르겠는 거예요.

창밖에는 비가 내리고 있다. 나는 펜을 집어 들고 담임의견서를 쓰기 시작했다. 수능을 두 달 남겨놓은 상황에서, 신화의 결석이 계속 이어지면 나중에는 담임의견서를 하나 더 써야 할지도 모르겠다. 임상수라는 애는 어때요? 신화 엄마는 상수라는 이름을 알고 있었다. 우리 신화와 자주 어울리는 친구라는데, 저는 그걸 몰랐어요. 글쎄, 제가 문제가 많아요. 일이 터지고 나서 이렇게 가슴을 치고 후회한들 무슨 소용이에요? 상수라는 아이 말이에요. 걘 딴따라마냥 기타나 치고 다니며 공부와는 담을 쌓고 사는 애라는데, 우리 신화가 어쩌다 그런 아이와 어울렸을까요, 선생님? 더구나 그 아인 요번에 큰 사고도 쳤다는데, 에구, 끔찍해라. 그런 친구와 어울려 다녔으니, 우리 신화가 자꾸 빗나갈 수밖에 없지요.

나는 교무업무시스템에 접속해 그들의 출결 기록을 체크

했다. 상수는 무단결석 4일에 무단 조퇴 1일이었고 신화는 무단결석 5일째였다. 열병을 앓고 나서 빠져버린 치아처럼 출결양식의 빈칸에서 날짜들을 빼냈다. 환약을 깨문 것 같은 씁쓰레한 기운이 입 안에서 감돌았다. 이를 악물어 견뎌냈고 몸살을 앓으며 보내야 했던 지난 며칠 동안이 되살아났다.

교무수첩을 뒤져 신화와 상수의 사진을 차례로 들여다보았다. 교사 초임 시절, 처음으로 교단에 서서 아이들을 바라보았을 때처럼 심장이 두근거렸고 얼굴은 붉어졌다. 상수 아버지의 말에 의하면, 상수는 학교로 돌아와 선도위원회의 결정에 따라 성실하게 봉사활동을 하겠다고 했다. 그렇다면 신화는 어떻게 될까. 지금 어디에 있는가. 아이들에게 하고 싶은 말이 많아졌다. 나는 안경을 고쳐 쓴 뒤 아이들의 전화번호를 찾아 허탕이 될 게 분명한 전화를 또 걸었다.

때리지 마세요

9월 10일 저녁, 류신화

　상수가 내 팔을 뒤쪽으로 잡아끌었다. 상수는 엄마와 통화를 하고나서 얼굴이 일그러졌다.

　"미쳤냐? 난 학교에 안 가. 선도위원회 결정이라고? 그걸 받아들여야 할 이유가 뭐야? 교내 봉사라니, 내가 뭘 잘못했는데? 뒈지게 얻어터진 내가 오히려 징계를 먹어? 말이 돼?"

　"미친 새끼. 넌 선생을 때렸잖아. 학생 놈이 그 이상 죄가 또 어딨어?"

　아폴로가 코를 문지르며 비웃듯이 말했다. 내가 상수에게 물었다.

　"엄마가 뭐라시는데?"

　"내일 학교에 보내겠다고 철석같이 약속했으니, 나보고 오늘 당장 들어오라고 난리다. 그래야만 당장 내일부터 봉사활동을 할 수 있다는 거야."

"그래서, 뭐랬는데? 들어간다고 했어?"

"들어가긴, 그냥 알았다고 하고 끊어버렸지."

상수가 죄인이라도 된 듯 풀 죽은 목소리로 말했다.

"임상수, 맘이 완전 떴네. 지금이라도 당장 들어가라. 누가 말리냐?"

나는 속이 상했다는 내색을 감추지 않았다. 오늘도 야자 조퇴를 감행하고 온 아폴로와 분홍이는 우리의 눈치를 살피고 있었다. 근린공원의 나무 의자였다. 분홍이가 포플러나무 잎사귀 하나를 주워들고 가늘게 찢고 있었다. 말수가 줄어든 분홍이가 두려웠다. 만날 때부터 계속 그랬다. 그러려면 여길 오지를 말지. 공연히 와서는 사람을 불편하게 할 게 뭐람. 분홍이가 무엇 때문에 토라졌는지, 나는 알고 있다. 팬시 누나에게 두 번이나 놀러갔다 온 사실에 대해서 분홍이는 이해할 수 없다는 반응이었다. 그 팬시점 여자는 발정 난 암캐 같애. 그런 곳을 왜 가니? 분홍이는 화가 나다 못해 울 것 같은 표정을 지었다. 팬시 누나한테 갔다는 사실을 일러바친 상수가 죽이고 싶도록 미웠다. 나는 나무 의자에서 일어서서 걸음을 옮겼다.

"널 그냥 놔두고 나만 들어간대? 하여간 새끼가, 소심하기는."

상수가 억지소리를 내지르며 따라붙었다. 하긴 상수도 더이상 버티기 힘들었을 것이다. 상수가 학교에서 받았다는 징계 사실을 말했을 때 나는, 벌레 씹은 표정을 한 채 수업 시간임에도 교실로 들어오지 못하고 교내 곳곳을 돌아다니며 청소를 하는 그의 모습을 상상해 보았다.

"신통하네. 널 잘라야 한다고 길길이 설쳤다는 안대균이가 왜 갑자기 찌그러졌을까?"

나는 상수의 어깨에 손을 얹고 걸었다.

"난 상수를 이해해. 교사한테 심하게 맞고 나서, 그에 대해서 반발한 건 일종의 정당방위라고 생각해. 지금이 어느 세상인데 아직도 학생을 때린다는 거야?"

말이 없던 분홍이가 자리에서 일어나더니, 또박또박 말했다. 우리는 분홍이를 쳐다보았다.

"뿌리를 뽑아야 해. 아이들을 때리는 선생들은, 아이들을 가르칠 자격이 없어. 때려야만 사람을 만들 수 있다면, 그깐게 학교야? 짐승들 순치시키는 사육소지. 우발적으로라도 사람이 사람을 때려서는 안 되는 거거든. 그런데 문제는, 아이들을 자주 때리는 선생들은 그걸 인지를 못한다는 거야. 가해자이면서 어떤 것이 문제가 되는지조차도 의식을 못한다는 거지. 스웨덴에서는 있잖아, 부모도 가정에서 체벌할 수 없대. 캐나다는 학교에서 체벌할 경우, 선생을 폭행범으로 간주해 체포한다는 거야. 프랑스에서는 교사가 학생에게 '너'라고 부르는 것도 금지되어 있다는데, 우리나라는 아직 멀었어. 아무 개념도 없이 이렇게 후진적인 세상을 살고 있으니, 이거 억울해서 학교를 어떻게 다니냐? 제발 때리지 마세요, 울면서 사정해도 학교는 꿈쩍도 안 한다니까."

분홍이는 입술 끝을 깊숙이 깨물었다. 상수는 분홍이의 말을 듣더니 머리카락을 쥐어뜯었다.

"씨팔, 내 삶이 졸라 구질구질하다."

그래서 어쩌라고? 나는 소시지를 한 입 베어 물며 스스로에게 물었다. 상수가 집에 들어가겠다고 말한다면 나로서는 말릴 방도가 없다. 나에게는 버텨낼 명분도 재간도 없다는 것을 잘 알고 있었다. 상수가 자기 앞에 놓인 종이컵에 소주를 따랐다. 학교에 가지 않고 집에 들어가지 않은 나날동안 매일 이다시피 술을 마셨다. 엄마 생각이 났다. 엄마가 다니는 피트니스 클럽을 기웃거린 적도 있었지만 그냥 돌아왔다. 엄마는 그곳에 없을 거라고 생각했기 때문이다. 헬스는 세상에서 가장 무료한 운동이라며 힘없이 웃던 엄마의 얼굴이 떠올라 괴로웠다. 피시방을 전전하거나 사우나에서 잠을 잤다. 저녁이 되면 아폴로와 분홍이를 만나 카타콤 클럽에서 보냈다. 상수가 기타 치는 것을 지켜봤고 연습이 끝나면 이유 없이 술을 마셨다.

이러다가 수능은 볼 수 있을까. 올해 안 되면 재수라도 해야 할 텐데, 재수는 어떤 모양일까 그려보다 보면, 아무리 생각해봐도 재수만은 하고 싶지 않았다. 최선을 포기하더라도 차선이 있었고, 차선이 안 되면 차차선이 기다리고 있지 않을까. 상수는 2년제더라도 실용음악과가 있는 대학을 가고 싶다고 했고, 분홍이는 수시에 원서를 내겠다고 했다.

소원 풀래? 술에 취하면 버릇처럼 상수가 물었다. 분홍이의 가슴을 보게끔 기회를 만들어주겠다는 제안이었는데, 웬일인지 그렇게 말하는 상수가 미웠다. 분홍이의 가슴이 보고 싶기는 하지만 그런 식으로는 싫었다. 마찬가지로 수능만 끝나면 꼭 한 번 해보고 싶다던, 팬시점 누나한테 놀러 가서 낮잠 자는 것도 이젠 시들해져 버렸다.

"아무려면 어때? 이제 신화도 스무 살이 되어 가는걸."

상수가 혼잣말을 뇌까렸다. 남은 소주는 카타콤 클럽에서 마시기로 했다. 껌 하나를 입 안에 우겨넣고 걸었다. 나는 얌전히 MP3 플레이어를 접어서 주머니에 찔러 넣었다. 그리고 카타콤 클럽에 도착할 때까지 속으로 중얼거렸다. 언젠가 아자개가 말했던 대로 자신의 이름을 정해놓으면 그대로의 삶을 살게 된다는 인디언처럼, 스스로에게 주문을 외고 싶었다.

바위 위를 걷는 인디언처럼 나도 내 이름을 정해놓고 싶었다. 그러면 의식은 바쁜 걸음으로 따라올 것이다. 나는 더 빠르게 중얼거렸다.

술을 마시고 담배를 피우고 여자애과 함께 놀고 있는 나를 보면, 엄마는 놀라 넘어질 것이다. 내가 상수를 몰랐더라면 단언하건대 카타콤 클럽 같은 미치광이 소굴에 갈 일도 없었을 것이다. 청소년 수련관은 어디에 붙어 있는지도 모르며 록 페스티벌과 같은 얼뜨기 공연장에서, 종착역에 머무른 고삐리들과는 상종할 일도 없었다. 이런 나에게 한쪽 다리를 건들거리며 기타를 치는 상수와, 알 수 없는 미래에 대해 얘기를 나눈다는 것은 상상조차 할 수 없는 일이다. 날마다 소주라니, 큰일 날 소리. 만일 내 귀에 이어폰이 찔러져 있다 해도, 결단코 자우림의 음악은 듣지 않았을 것이다. 가엾은 엄마 아빠는 당신들 뜻대로 크지 않은 아들을 원망하며 잠을 쫓고 있겠지. 나는 인디언처럼 중얼거렸다. 카타콤 클럽이 점점 가까워지고 있었다.

마지막 상가 건물을 돌아 비포장도로로 접어들었을 때 다시금 내리는 빗방울이 피할 수 없을 만큼 굵어져 버렸다. 나는 다급하게 외쳤다.

"야, 뛰자."

저 멀리 카타콤 클럽이 있는 창고를 향해 달리기 시작했지

만 얼마 가지도 못하고 멈춰서 버렸다. 창고 앞에서 컴컴한
어둠을 지키고 서 있는 사람들이 보였기 때문이다.

"어?"

가까이 다가가 확인할 것도 없었다. 아빠와 엄마의 모습이
보였고 그 곁에는 상수의 부모님도 있었다. 스모 선수처럼 비
대한 몸집의 엄마는 나를 보자마자 울음부터 터트렸다.

나비 학교

졸업식을 앞둔 겨울날, 교탁

기억할 수 있겠니? 너희가 일 년 동안 생활했던, 교실의 한복판을 지키고 서 있는 교탁 말이야. 너희와 헤어진 지 벌써 여러 날이 흘러버렸구나. 다들 건강하게 잘 지내고 있겠지? 진즉 엽서라도 한 장씩 띄우겠노라고 마음은 먹고 있었는데 눈물 많은 네 녀석들이 혹시 감동이라도 하면 어쩌나 싶어 발송은 조금 미룰지도 모르겠다. 아니, 영영 부치지 못할지도 몰라. 녀석들, 쉿, 조용. 또 나르시시즘에 빠져 있다고 나를 흉보는구나. 여기서도 다 들려, 이놈들아.

생각해다오. 방금 교실 밖으로 나간 너희들 담임. 졸업사정안을 작성하고 난 홍 선생은 느린 동작으로 돋보기안경을 벗고 자리에서 일어섰어. 깨끗하게 닦여진 칠판을 쳐다보더니 걸음을 옮겨 내 앞으로 오더군. 나의 양 모퉁이를 쓰다듬은 채 마른 나뭇가지가 바람에 떨고 있는 유리창 밖을 한참 동안 지켜봤어. 사실, 시엠시란 별명은 나쁘지만은 않다고 봐. 글쎄, 너희가 홍 선생을 그렇게 부르는 것이 내 입장에서 무슨 상관이겠느냐만, 그가 시어머니와 같은 잔소리를 하지 않을 수 없는 위치에 있었기 때문에 어쩔 수 없이 들어야 하는 별명이라고 생각했어. 꼬장꼬장한 간섭을 했으므로 얻어진 별명이라 생각하면 오히려 영광스러운 이름이지 않을까.

그랬을 거야. 홍 선생은 너희가 일 년 동안 생활했던 교실들을 새삼스럽게 들여다보고 있었던 거야. 졸업사정안을 작성한 뒤 너희들의 사진을 차례대로 떠들어보다가 전화번호를 깨알 같은 글씨로 옮겨 적었어. 한 명의 낙오자도 없이 우리 반 아이들 전원이 졸업할 수 있다는 사실에 그는 가슴을 쓸어내린 거야. 신화와 상수처럼 말썽 많았던 아이들을 비롯하여, 텅 빈 책상 위로 너희의 얼굴이 하나 둘씩 떠올랐겠지만 먼 옛날의 기억인 듯 아득하기만 했겠지. 손꼽아보면 홍 선생도 너희처럼 학교를 떠나야 할 날이 멀지는 않은 사람이야. 서서히 퇴임 이후의 날들을 준비하고 있긴 한데 뿌연 젖빛 하늘을 바라보는 것처럼 막막했을 거야.

기억해다오. 오늘은 동이 터오는 시간에 서서히 밝아오는 아침 풍경을 오랜만에 지켜봤어. 학교의 담장 너머에서 이루어지던 아파트 공사가 며칠째 쉬고 있는지 오늘도 조용해. 색칠까지 곱게 끝난 아파트가 눈 속에 파묻혀 있는데 먼 데서 동터 오는 아침 해를 기다렸더니 해는 보이지 않고 구름만 낮게 내려앉아 있어. 그래, 쌓인 눈이 녹지 않아 교정의 플라타너스와 구석진 응달에는 아직도 잔설이 남아 있긴 해. 난데없이 새벽 닭 우는 소리도 들린 것 같은데, 잘못 들었겠지? 인근 주택가에서 애완용 수탉을 키울 리는 없을 테고. 아하, 이른 출근을 위해 고단한 새벽잠을 깨우는 휴대폰 알람소리일 수도 있겠구나. 이제 졸업을 하게 되면, 학교는 과거형으로 바뀌어 너희에게 모교라고 불리겠지. 불과 며칠이 지났을 뿐인데. 벌써 올해의 마지막 날을 앞두고 있으니 세월은 참 빠르다.

기억하느냐. 그 봄날을. 너희를 처음 만났을 때 교정 전체는 꽃들의 세상이었어. 운동장 주위를 넉넉하게 감싸고 있는 눈부신 꽃들의 세상 말이야. 개나리와 산수유꽃이 태탕하게 피어난 자리에 어김없이 나비가 날아들었듯이 너희도 고3이 되었기 때문에 우리가 만날 수 있었겠지. 이 자리에 학교가 세워지고 세월이 흘러 많은 것들이 변했겠지만 봄날에 날아오는 나비만큼은 늘 한결같아. 해가 바뀌고 새 봄이 돌아왔을 때 새로 조립된 제품처럼 진급되어 오는 아이들을 대하면서 나는 생각해. 어쩌면 나비와 이렇게 똑같을까. 너희야 의식하

지 못했겠지만 나는 해마다 나비를 기다렸어. 어쩌다 보면 나
비가 교실의 유리창을 사뿐히 넘어 날아와 낡아빠진 내 몸 위
로 살포시 앉을 때가 있단다. 수액도 꿀도 없는 메마른 나무
조각에 불과한 내 몸이지만 나는 그런 순간에 봄을 느끼게
돼. 나비의 두 겹눈과 눈을 맞춘 채 나비의 보드라운 더듬이
를 온 신경을 다해 의식하고 있으면, 가벼워지고 싶은 내 마
음을 살랑거리는 날개에 매달아 저 하늘 끝까지 날아가고 싶
다는 꿈을 꾸곤 해.

　기억해다오. 새 학년이 시작되어 너희를 처음 만났던 날,
상기된 표정으로 교실에 들어와 얌전하게 앉아 있던 너희들
의 얼굴을 잊을 수 없어. 나 역시도 숨조차 크게 내지르지 못
하고 너희를 바라봤지. 만일 이 늙은 교탁에게서 불행과 행복
이 있다면, 갈등이나 타결, 절망이나 소망이 있다면 모든 게
학교에서 가르치고자 하는 진리와 관련되는 것일 텐데, 이제
는 나도 유통기한이 지난 것 같아 그걸 지켜볼 수 없는 처지
가 되었으니.

　믿어다오. 학교에 관계되는 모든 재앙은 이제 그만 너희 곁
을 떠날 것이며 파멸은 이제 남의 것이 되었으면 좋겠어. 그
래도 나는 행복해. 봄날에 날아든 나비처럼 교정의 곳곳을 맘
껏 노닐면서 내 인생의 전부를 학교에서 보낼 수 있었으니,
나는 더 바랄 게 없어.

기억하겠지? 매점으로 오르는 길, 승리관 앞뜰, 신관동 뒤편에서 급식소 후정까지 학교의 모든 담장에서 활기를 띠고 피어 있던 꽃들의 축제를 말이야. 그렇다면 우리, 다가오는 봄날을 기다리면 어떻겠니? 벚꽃이 절정에 이르는 날에, 하루 날을 잡아 교실에서 다시 만나서 반창회라도 열면 어떨까. 공도 한번 차고 스탠드에 모여 막걸리 파티라도 하면서 고3 때는 공부하느라 맘껏 누리지도 못했을 꽃구경을 뒤늦게나마 만끽할 수 있다면 말이야. 잊지 않으려 애쓰겠지만 혹시 잊어버릴지 몰라 그게 두려워. 무수한 날들 동안 연약한 너희끼리 주고받던 밀어들과 고뇌들을. 끝없이 불태웠을 전의와는 달리 수능 성적표를 받아 쥔 너희의 손들이 파르르 떨렸을 때 나는 너희에게 아무런 도움도 주지 못하는 전형적인 넝마 같은 모습이었어. 그래서 더욱 잊지 않으려 해. 고통을 나누면 반이 된다는 말을 나는 믿지 않아. 고통을 나누다 보면 물먹은 솜처럼 그 무게는 훨씬 커져서 마침내는 고통을 나누었다는 사실마저 후회하게 되기 때문에.

기다려다오. 졸업식 날이 다가오고 있으니. 함께 부대낀 1년의 세월이 무색할 만큼 이별의 순간은 너무 짧지나 않을지. 그래서 벌써부터 초조하고 불안하다. 졸업식 행사가 끝나고 교실에 다시 모여들 테지만 해마다 그랬듯이 선생님은 내 위에 쌓여 있는 졸업장과 앨범을 나눠주기에 급급할 거야. 그러다 보면 너희와 눈길 한 번 제대로 못 마주칠지도 모르는데. 학교의 문을 나서는 졸업의 순간을 변변히 축하해주지도 못 하고 손 한 번 잡아주지도 못한 채 다들 떠나보내 버린다면 이렇게 허무하고 어리석은 일이 또 어디에 있을까. 내년에도 어김없이 후배들이 진급해 이 교실을 사용할 거야. 여전히 모 의고사가 끝난 시각에 모두 떠나간 텅 빈 교실에서 꺽꺽 우는 녀석이 나타날 것이고, 저 긴 복도에서는 후배들의 오리걸음 행렬이 계속되겠지. 1년을 주기로 똑같이 반복되는 학습 과 정도 지칠 기미조차 없는 차에 나비는 연약한 날갯짓을 하며 다시 이곳에 나타나 너울거리겠지. 학교를 떠나더라도, 내 눈 에 비치는 교실의 풍경들 속에는 언제나 너희의 얼굴들이 자 연스럽게 오버랩 되어 있으니 그 힘만으로도 나는 살아갈 수 있어. 교실은 여전히 그 모습 그대로야. 사물함 곁의 아령은 야속하게도 아직 그 자리를 지키고 있고 너희들 손으로 포장 한 선풍기의 투명한 비닐이 후배들의 여름을 기다리고 있어. 눈치 없이 늙어빠진 저 칠판 위의 교훈과 급훈 액자도 그대로 이고 흰 꽃무늬 테를 두른 타원형의 거울도 환경게시판에 그 대로 붙어 있어. 모두가 그대로인데 너희의 모습만 사라지고 말았구나.

기억해다오. 이곳에서 고3 시절을 보냈던 너희들은 과연 학교에 대해 어떤 기억을 갖게 될까. 어두운 질감의 음화로 되살아나지만 않았으면 좋으련만, 자신의 불안한 미래가 겹쳐져 힘들게만 보낸 사계절이었다고 회상할까. 그래도 현재의 너희 모습은, 울고 웃던 지난 고3 생활에서 비롯된 결과였다고 선선히 고개를 끄덕일까. 말로 담아낼 수 없는 혹독한 입시 교육 현장의 목격자였다 해도 모든 게 다 덮어지지 않는다는 것을 나는 알아. 저마다 자신이 원하는 대학과 학과에 합격하는 것이 지상의 절대과제였던 현실에서 다른 감상이나 여유가 무슨 소용이었겠냐. 이제는 솔직한 심정으로 말하고 싶어. 너희들 내면으로 들어가지 못한 채 내 마음대로 재단해 버린 편견을 가지고 너희를 바라봤을 거야. 냉혹한 손찌검이 너희에게 가해졌을 때 별수 없이 눈을 감아야 했고 교실 바닥에 너희의 머리가 처박혔어도 나는 외면하고 말았어.

들어다오. 너희를 한없이 미워했던 사실도 뒤늦게 고백하려 해. 대개 대수롭지 않은 사소한 문제들 때문이었겠지. 이를테면, 머리카락에 윤기 나는 헤어크림을 발랐거나 담배를 피우다가 적발되어 복도에 무릎 꿇고 앉아 있던 아이들, 단 몇 분의 지각, 책상 주변에 떨어진 휴지 조각, 이런 따위가 무슨 대단한 일이었기에 너희를 미워했는지, 모진 말들을 동원하여 너희의 가슴에 칼금을 긋고 상처를 주고 싶었더란 말이냐.

묻어다오. 뒤늦은 일이겠지만 가능하다면 추억의 장면으로 묻어다오. 비록 졸업을 앞두고 있는 너희들이지만 이제라도 허심탄회해지고 싶어. 우리 앞에 소주라도 한 병 있다면 나누어 마시고 싶구나. 재수를 결심한 아이들은 힘을 내라. 너희를 생각하면 내 간이 콩알만큼 오그라든다.

기억해다오. 한번 가면 다시 돌아오지 않는다는 고3 시절을. 울고 웃으며 보내야 했던 그 친구들을 기억하느냐. 체육 시간이 끝나고 땀 흘리며 들어섰던 교실이 그립지 않느냐. 복도의 정수기에서 물 한 모금 마시고 졸음을 이겨내 보겠다며 깜박이던 너희의 눈망울들이 지금도 내 눈앞에 있어. 그래도 지금의 나에게 너희들은 가장 편안한 수신인이 되어 주었으면 좋겠어. 즉각 대답이 들려오지 않더라도, 그런 건, 뭐 상관없어. 흰 눈에 덮여버린 교정을 보면서 나는 너희들을 생각하고 있어. 훈훈한 색칠을 하고 앞 다투어 떠오르는 얼굴들. 시간이 지날수록 먼발치로 멀어지겠지만 아직은 선명한 너희의 얼굴들. 하나씩 부르고 싶어, 너희의 순결한 이름을.

작가의 말

　시장 골목을 돌아설 때였다. 구석진 귀퉁이에서 낮술에 찌든 사내가 온몸이 구겨진 채 쓰러져 있었다. 그런 그를, 먹고 살기 위해 세상과 사투를 벌이던 시장 상인들은 대놓고 외면했다. 그의 얼굴을 덮고 있는 웃자란 수염발에 내 얼굴이 오버랩 되었다. 시간이 날 때마다 술을 마시는 사내, 하루가 어찌 지나가는 줄도 몰랐다. 날이 저물면 어김없이 술집에 앉아 여물을 되새기듯 자신의 불운을 과장했다. 이유가 사라지면 새로운 명분이 따라붙었다. 이 술 한 잔이 아편이 되어 모든 걸 잊게 하리라 되뇌며 마시고 또 마셨다. 누군가 만나면, 소설 안 쓰고 왜 이렇게 사느냐고 나무랄 것 같아 고샅길로만 숨어 다녔다.

아침 신문에서였다. 자녀의 사교육비로 수입의 절반을 지출한다는 어느 40대 가장의 사연이 특별할 것도 없는 특집으로 실려 있었다. 사교육의 바다에 떠 있는 공교육의 섬. 더운 국에 밥을 말아 먹던 손이 멈춰졌다. 계절은 깊었고 세상은 흉흉했다. 바람에 흔들리며, 입 안으로 밀어 넣지 못하고 흘리고 마는 밥알만큼이나 계절의 체중은 뿌리를 알 수 없는 소모성 질환에 야위어 있었다. 해체된 뼈를 맞추지도 못한 채 신문을 덮고 말았다. 입가에서 신음소리가 났다.

소설을 쓰는 한, 학교에 관한 얘기는 하지 않으려 했다. 내가 살아온 텃밭이었으므로 잘 알 것 같았지만, 사실은 가장 어려운 곳이었다. 학교는 생각보다 넓고 깊었다. 모두가 교육을 말하고 있고 저마다 아이들을 위한다지만 자신도 모르는 사이에 견고한 공범구조 속으로 매몰되어 갔다. 교육현장을 소설을 통해 증언한다는 것은 당초부터 즐거운 일이 아니었다. 일탈과 저항은 내 전공이 아니며, 기존의 가치체계를 부정할 전복적인 내러티브를 엮어낼 자신도 없었다. 그랬는데, 밑천 떨어진 장사꾼처럼 그래도 많이 겪어본 곳을 무대로 삼아야 하지 않겠느냐는 유혹이 다가왔을 때 나는 더 이상 뒷걸음치지 못했다.

이 소설에 매달려 있는 동안 시간은 더디게 지나갔다. 자꾸 무거워지려는 얘기를 홀가분하게 털어내기도 어려웠다. 낯익은 풍광을 바라보며 걷는 것 같았지만 새로운 길은 또 나왔다. 하지만 이제 놓아야 한다. 학교에 관한 얘기를 하지 않으리라는 당초의 다짐으로 선선히 돌아갈 때가 된 것이다. 기적처럼 올라버린 성적 때문에 마침내 졸도하리라는 꿈을 꾸고 있을 가엾은 청춘들에게, 이 소설을 읽을 수 있는 시간이 주어졌으면 좋겠다.

2010년 여름, 금당산 자락에서
정 강 철